非不
你可

It has to be you.

君靈鈴 著

天空數位圖書出版

目錄

所謂青梅竹馬

　　白小筑是個非常活潑外向的可愛女孩，而她這輩子截至目前為止最驕傲的事就是有周亦鈞這個大她一歲的青梅竹馬，原因無他，一是因為他帥，二是因為他高大挺拔，三是因為他品學兼優，四是因為他總是眾人眼中注目的焦點，所以她很驕傲自己是他自小到大除了他母親之外最親密的女性。

　　不過這所謂的青梅竹馬之情其實開始悄悄變調了，周亦鈞開始有意無意疏遠她，但白小筑的神經本來就很大條，心想既然有一起長大的情誼，他再怎麼樣也不可能疏遠自己，所以就說服自己說只是自己神經過敏想太多而已，直到……

　　「小筑，妳能不能不要一直跟著我？」已經困擾非常久的問題礙於很多因素不好直接說出口，但眼見怎麼躲都躲不掉白小筑的糾纏，周亦鈞也只好當面開口了。

「為什麼？我從小都這樣跟著你啊！有什麼問題嗎？」白小筑從來沒有想過有一天會聽到他說這樣的話。

「那是小時候，妳從幼稚園、小學、國中、高中到現在我們都大學了妳還這樣跟，妳都沒有自己的生活圈嗎？」周亦鈞認為都到這種時候了，真的非常有必要跟她說清楚，要不這事情真的沒完沒了。

「為什麼上大學之後就不能黏著你了？」這是啥鬼邏輯？

「我的意思是，除了黏著我，妳應該還有其他選擇吧？妳都沒有其他朋友嗎？」女生總該有幾個姊妹淘什麼的，但周亦鈞看白小筑似乎並不在這標準內。

「我的選擇就是黏著你啊！而且我也沒有一直黏著，只有上學、下課時間、放學之後的時間黏著你而已，你高我一年級，有時候我有課你有課，有時候我有課你沒課，有時候我沒課你有課，這種時候我就沒有黏著你了啊！」

白小筑說的頭頭是道，自己還拼命點頭同意自己的論調，卻忽略了眼前人眼底漸漸浮現不耐煩之色。

「所以我可以拜託妳一件事嗎？」周亦鈞覺得自己真的受夠了！

「什麼事？只要你說我都會去做的！」不管如何，使命必達就對了！

「從今天開始離我遠一點，拜託妳，我不想再被妳纏著不放，謝謝。」說完周亦鈞甩頭就走。

「亦⋯⋯亦鈞！」白小筑當場傻眼，下意識喊了周亦鈞的名字卻只見到他越走越遠，那帶著決絕氣氛的背影讓她有點不知所措。

這是怎麼了？

她做錯什麼了嗎？

她記得今天她除了習慣性黏著他以外並沒有闖任何禍或是做什麼奇怪的事，為什麼他會這樣對待她？

　　白小筑呆站在原地怎麼也想不明白，但她不知道的是，就是她的纏功讓人喘不過氣，周亦鈞今天的爆發也不是一時的，而是長久累積下來的不耐煩導致，因為她一直深信自己與周亦鈞這輩子都會一直走在一起，永遠不會分開，但現在……

　　「應該是別人惹他生氣了吧？」

　　傻眼過後偏頭一想，白小筑完全沒有想把罪往自己身上攬的想法，拍拍自己腦袋後就帶著笑容又追了上去。

　　反正不知道從什麼時候開始就是她追著他跑了，她早習慣了，不管他是什麼反應她都纏定他了，因為她早就發誓這輩子她一定要當他的新娘，跟他永遠在一起！

分離是最好的辦法

　　堅持獨自去留學是周亦鈞在深思熟慮過後下的決定，而且他也決心不管雙方父母如此出招，他都要一人前往絕不讓白小筑跟隨。

　　自從一年多年他當著白小筑的面冷言拒絕她的糾纏未果之後他就知道白小筑已經進入另一種境界，一種只以自己的想法為優先的境界，而且僅適用在他身上。

　　這很令他困擾，如此糾糾纏纏何時休？

　　還有半年就要從大學畢業的他才會下了留學的決定，而且很希望這數年留學過後他返國，白小筑已經改變不再是那個老是跟在他屁股後面的那個黏人精。

　　「亦鈞，為什麼我不能跟著你一起出國留學？反正我在哪裡讀書都一樣，我就跟著你過去，你讀你的我讀我的，然後我們還可以合租住在一起，這樣不是很好嗎？」白小筑一知道周亦鈞決定要出國留學的消息後馬上跑來他家對著他就是一陣撒嬌。

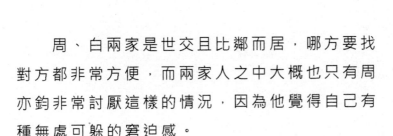

　　周、白兩家是世交且比鄰而居，哪方要找對方都非常方便，而兩家人之中大概也只有周亦鈞非常討厭這樣的情況，因為他覺得自己有種無處可躲的窘迫感。

　　「不好。」完全沒有考慮，周亦鈞馬上拒絕了。

　　「為什麼嘛？」白小筑根本不想跟周亦鈞分開那麼久。

　　說是預計一年，但可能更久，這讓她怎麼受的了？

　　「小筑，妳不考慮學著長大嗎？」他看著她一臉嚴肅。

　　「長大？我有長大啊！」白小筑很自然就把這種話想到身體方面的成長。

　　「我是說妳的心智。」別人怎麼看白小筑周亦鈞不知道，但就他看來白小筑現在的狀態跟小學生沒兩樣。

　　幼稚、任性、淘氣及很多事無法自理，這不是一個還有一年多就要從大學畢業步入社會的成年人該具備的條件，她應該成長，而且不該再繼續黏著他，撇開一切不談，光就她愛黏著他這點，他就覺得對她本人一點幫助也沒有。

　　雖然他只大她一歲，也沒覺得自己有多成熟，但跟她比起來，他真的覺得自己好很多，至少他有自信在面對任何情況時自己是有能力應付的。

　　「我……心智怎麼了？」白小筑有點愣住，不曉得周亦鈞怎麼突然提起這種話題。

　　「一點成長也沒有。」說實話就是這樣。

　　「什麼意思？我不是笨蛋啊！」白小筑馬上握著小拳頭抗議。

　　「那不是笨蛋的意思，是指妳沒有成長。」也就是一點長進也沒有。

　　「那這跟我不能跟你去留學有什麼關係？」對白小筑而言，不能跟去才是重點，其他都不是。

其實在來找周亦鈞之前她已經在自家鬧了一遍，然後又纏著周家父母撒嬌了一遍，可是兩邊都得來周亦鈞非常堅持一人獨自出國留學的答案，還說周亦鈞說如果不同意的話，他就會直接消失完全不交代去處，所以周家父母就臣服了而白家父母也就不好意思再說什麼。

可白小筑就是不信邪，她不相信周亦鈞會這樣拋下她，所以二話不說又跑來死纏爛打。

「妳不思成長是妳的事，而我想要更上一層樓是我的事，這樣懂了嗎？」話都說至此了，周亦鈞真希望白小筑可以識大體一些，不要再糾纏下去了。

「那……如果我跟著去我也可以更上一層樓啊！這是好事吧？對吧？」這番話很顯然是白小筑急中生智說出來的。

「不，我不這麼認為。」而周亦鈞相信認識他們兩人的人也都不會這樣認為。

　　「為什麼啊！我跟去我真的會努力讀書的啦！拜託！讓我跟啦！」白小筑又急又慌，拉著周亦鈞的衣袖撒嬌。

　　「白小筑，我真的受夠了，這趟留學說白一點我除了想進修之外就是想避開妳，懂嗎？」用力拉開她的手，周亦鈞放出重話。

　　「避……避開我？」雖然不是第一次被這樣冷臉冷言對待，但這次神經大條的白小筑卻是真真實實感受到一股厭惡她的氛圍在她四周流竄。

　　「妳走吧。」她的表情一向好懂，周亦鈞單看她的表情就可以知道她這次是真聽懂了，毫不猶豫馬上趕人。

　　「怎……怎麼原來……你這麼討厭我啊？」看著面無表情的周亦鈞，白小筑受到的震撼非常強大，大到她有點承受不了。

　　「對。」周亦鈞直接點頭，沒有任何遲疑。

　　「……我……我……」哪裡不好？做錯了什麼？

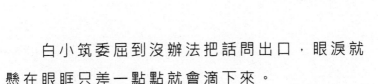

　　白小筑委屈到沒辦法把話問出口，眼淚就懸在眼眶只差一點點就會滴下來。

　　但周亦鈞不給她機會落淚，拉著她手臂就把她拉出房間，接著自己回到房內然後把門鎖上。

　　他希望她這次真的懂了，懂自己的黏人讓人心煩，懂自己的幼稚讓人無法隨著她美夢式的幻想一同起舞，也希望她懂人該成長不該一直如此幼稚，否則當只剩下自己獨自一人時，該怎麼過活？

　　所以他認為自己此刻現在的決絕不只是為了他的清靜跟自由，說穿了也是為了她好，至於那雙方父母早就說好的婚約，很抱歉他從沒想履行過，因為年齡越大他就越不認為白小筑會是他的妻子，至少目前是如此。

衝擊、責難、淚水、離別

其實白小筑也沒想要告狀，但她紅著眼下樓自然是引起了周家父母的注意，然後周亦鈞預期的情況就來了。

先是他父母跑來責怪他對白小筑太冷血絕情，然後接著來訪的就是隔壁白家父母，雖然態度沒有惡劣但可以看出心疼女兒的兩人是壓抑著脾氣直問周亦鈞為什麼要這樣對待他們的寶貝女兒。

「錯在都在我身上，是我的問題，你們要繼續罵也沒關係，我都接受。」這是周亦鈞早就預料到的情況，所以一點也不意外。

「亦鈞，你跟小筑從小一起長大，為什麼你現在會是這樣的反應？」白母顯然搞不懂。

「阿姨，就算是兄弟姊妹也會有分開的一天，更何況我跟小筑並不是。」周亦鈞心中早已打算好見招拆招，會面對的情況跟問題他都想過了，要馬上回答不是問題。

「但她是你未來的老婆，你這麼會在這種時候對她這麼狠心？」周父接著開口了。

「這樁婚事是你們四位長輩自己決定的，都沒有問過我們兩個當事者的意願，這樣算是成立的嗎？」周亦鈞看著父親反問。

「這……」壓根兒沒想到兒子會這麼說，周父當場愣住。

「等等，就算你現在還沒有娶小筑的念頭，但也不代表之後沒有吧？你們從小一起長大難道一點感情也沒有？」白母顯然不信。

「有，本來我把她當妹妹，只要她能成長一些，我可以一直把她當妹妹。」就這樣。

「你說成長成長，我女兒到底是哪裡沒長大了？」白父很不服。

「叔叔，您真的認為一直讓小筑黏著我對小筑的人生是有幫助的嗎？」周亦鈞又是一句反問。

而他此問一出，在場四位長輩你看我我看你，頓時紛紛無語。

　　「或許小筑的夢想是當我的新娘，但我必須老實說我沒有這個意願，每個人都應該有夢想，我相信如果她願意尋找，應該也會有的，她的夢想不該是我，因為我的夢想與她無關。」既然都這樣了，那周亦鈞就打算把話都說清楚。

　　「這......」白母本想說什麼，但是又有種無從反駁的感覺。

　　一時之間空氣陷入靜謐，在場五個人沒有人再開口，場面就僵持著，直到白小筑的出現才打破這一室沉默。

　　「我明白了，我不會再跟著你了。」含著淚，白小筑像是鼓起了畢生最大的力量跟勇氣把這句話說完，之後她對著還想說什麼的父母搖搖頭，勾住他們的手臂離開。

　　她的心很痛，被喜歡的人討厭到這個地步是她從來沒有預料過的情況，她很想勸自己勇敢不要哭，但她沒有辦法，回到家之後她把自己埋進棉被裡大哭，這才知道原來失戀這麼痛苦。

她想，周亦鈞可能沒有真的明白她有多喜歡他，以為只是他倆從小一起長大所以她習慣黏著他，因為慣性認為他們兩人會一直在一起。

　　但她不是，她是真的很喜歡周亦鈞，但現在說什麼都沒用了，她只能哭，藉由流淚來稍稍慰藉自己內心的難受與痛楚。

　　後來雖然還發生了一些情況，但沒有改變周亦鈞出國留學的計畫，他獨自一人遠去了，捨棄了她，而她也不敢再說要去找他這種話。

　　曾經如此熟悉如此親密的倆人就這樣成為了陌路人，這個創傷白小筑不知道自己需要多久才能恢復，但她知道她的喜歡沒有消退，即便他挑明了說他往後的人生不需要她，但她還是喜歡他......

　　很喜歡很喜歡。

熟悉的陌生人

　　除了周亦鈞自己，誰也沒有料到他這一走就是六年不說，而且回國的次數屈指可數，彷彿是放飛自我的行為雖然引來父母心中些許怨懟但也藉此明白瞭兒子之前的確是過的挺不快樂，而且原因跟隔壁家的女孩脫離不了關係。

　　所以在這樣的情況下兩家沒人再提過婚事這碼子事，畢竟男主角完全沒有意願還用遠走他鄉抗議，這椿婚事成不成已經太過明顯，再談論也沒有意義。

　　而在這六年之中，白小筑逼迫自己調適心態，雖然對她而言很難很難，但她也慢慢走出了周亦鈞遠離自己的陰霾，一蹶不振的日子雖過了好一段時日，可幸好她沒有失去她的活潑可愛，在雙邊父母心中她依然是那個可愛討喜的女孩。

　　然而過了這麼些年，家中雖不缺她出外掙錢，但她決心磨練自己所以振作起來之後的她進了一間大公司工作，目前日子過的挺好的，至少在別人眼裡看起來是如此。

　　但只有她自己知道，雖然心慢慢不再那麼痛了，可是思念與眷戀仍在，陰霾過後雖有陽光，她也努力讓自己朝著陽光前進，但在她心靈深處唯一的陽光仍是只有周亦鈞一個人而已。

　　忍耐忍耐，她告訴自己得突破得忍耐，因為她喜歡的人已經明確拒絕過不要她的喜歡，那她也沒有別的選擇，可要她完全遺忘真的很難，只能用心鎖把對周亦鈞的情感鎖在心房深處，學會他不在身邊自己也可以快樂這個本事。

　　好吧，其實截至目前為止她覺得自己做的還不錯，但每每有人想追她或是有人想介紹對象給她，她都毫不遲疑地拒絕了，對她而言有些困境雖然突破了，可是談戀愛這件事並不在她目前的生活計畫或者說是範圍內，她不想也不願胡亂答應他人的追求或介紹爾後傷到別人的心，因為心痛的滋味她懂，而且懂得很徹底。

　　只是正當一切似乎看起來都好的時候，她所任職的公司一道人事命令下來卻讓她趨於平靜的心湖瞬間起了大波瀾！

「妳是說新來的執行長 Lance 中文名字叫
周亦鈞？」

本來對這道人事命令沒有太大反應的白小
筑是在同事語芊說出「周亦鈞」三個字之後表
情當場變了。

「對啊，有什麼問題嗎？」被揪著手追問
的語芊一臉莫名其妙。

「沒⋯⋯沒有。」應該只是同名同姓吧？白
小筑心想。

畢竟周家那邊也沒有傳來消息說周亦鈞回
國了，她想著明天要上任的執行長總部可能是
她認識很多年但很討厭她的的那位吧？

但想是這樣想，白小筑還是因為這件事而
輾轉難眠一整晚，第二天帶著熊貓眼上班的她
一到公司就被語芊拖著，說是執行長即將抵達，
大夥兒都要去門口迎接。

這麼大排場？

　　白小筑這下更肯定只是同名同姓了，因為她認識的周亦鈞壓根兒就不是愛這種陣仗的人，瞬間更安心了。

　　只是在她低頭拍拍自己胸口感到安心的瞬間，一台高級豪車到達，而就在她抬頭一望的瞬間，她竟然見到了自己埋在心靈深處很思念的一張臉。

　　「怎麼會……」白小筑愕立在當場完全反應不過來。

　　而另一方一身西裝筆挺帥氣逼人的周亦鈞並不知曉白小筑在場，只是在下了車之後眉頭微擰，但還是邁開步伐在兩邊員工的歡迎聲中欲走入公司，然後就在一個不經意的扭頭時看見了一張許久不見的臉。

　　白小筑？

　　他微愣，但場合不允許他怔愣太久，他馬上回神邁步進公司，結束了這個他並不喜歡的上任出場。

　　只是當兩人都入座各自工作崗位時卻是同時有個想法一同浮現，那就是......

　　熟悉的陌生人。

尷尬的晚餐

　　周、白家兩家史上最尷尬的一次晚餐聚會就在周亦鈞正式上任執行長的第一天晚上，本來相處融洽的兩家因為兩個孩子或者說是白小筑無所適從的舉止及表情而惹得兩方長輩也跟著不自在了起來。

　　「亦鈞，怎麼要回國也沒有事前說一聲？聽小筑說你待的公司跟她是同一間？」首先打破尷尬氣氛的是周母，語氣有些小怨懟。

　　「嗯，沒事前說是因為決定的也蠻突然的，在國外忙著整理一切都忘了，抱歉。」周亦鈞看著母親的眼裡有些歉意。

　　「回來就好，我跟你爸就盼著你什麼時候回來，你這一去就是六年也不常回來，你都不知道媽媽有多想你。」有些話說還是得說，但看著出來周母很開心，雖然氣氛因為她說完這段話之後又變得更尷尬了，可她看著兒子並沒有發現。

　　「以後我除了出差應該不太會離國了，安心吧，媽。」周亦鈞給了承諾，也引來母親寵溺的摸頭。

　　雖然周亦鈞二十好幾了，但孩子在父母心中永遠是孩子這句話他是懂的，所以摸頭這種事他雖然已經無法習慣了，但倒是沒有任何反抗就是了。

　　「這……這真是太好了，你們說是不是！」這種時候白母也只能跟著附和試圖緩和一下氣氛，但她心裡很明白坐在旁邊的女兒是有些坐不住了。

　　所謂知女莫若母，白小筑的確是有點坐不住了，雖然她很明白周母說的話沒有針對誰只是發自真心高興兒子回國，但她也明白會讓這對母子分別這麼久，責任其實在她。

　　要不是她，周亦鈞不會在國外待這麼久才願意回來定居，她怎麼會不懂？

　　就算一開始不懂，經過六年她再笨也懂了，而且懂得非常徹底。

　　「對對對……」妻子的用心白父怎會不知道？趕忙附和不說，還順手拍了下周父的手背。

　　多年好友間默契自然是有的，所以被拍了手背的周父也回拍了下白父的肩膀，還丟了個眼神要老友不用在意。

　　然而，這段插曲過去又是一陣沉默，大家都默默吃著晚餐，但大抵都食不知味，其中應該是白小筑最嚴重，她真的恨不得馬上告辭，但又礙於這樣太沒禮貌所以不能說走就走，但她不否認屁股就像有螞蟻在咬似的，非常不自在。

　　「小筑，妳什麼時候進公司的？」

　　忽然間，正當大夥兒都低頭吃飯時，其中算是比較自在一些的周亦鈞突地看著白小筑開口詢問，讓大夥兒都訝異地看向他，而白小筑更是瞬間抬頭一臉驚愕。

　　原來他還願意跟她說話嗎？

　　她以為他討厭她到極點恨不得這輩子都不要見到她，所以今天這場晚餐之約她來之前還

很掙扎自己該不該來這個問題，最後還是周母親自打電話給她，她才戰戰兢兢過來的。

結果他現在居然主動跟她說話？

「有......有三年多了。」白小筑很緊張，但還是趕緊回答他的問題，可眼神並不敢跟他對視。

當然這不是因為周亦鈞變得面目猙獰，相反的經過六年他變得更帥氣更有男人味，而白小筑不敢與他對視的原因就是怕自己深埋在心底的灰燼又死灰復燃，而她現在很清楚這是不行的。

她得控制好自己，不然兩家的關係又要因為她變得更尷尬了。

「是嗎？那妳對公司內部情況了解嗎？」周亦鈞又問。

「是......指哪方面？」她小心的問。

「我想知道很多方面，等一下晚餐結束後妳跟我到書房一趟可以嗎？」周亦鈞看著她。

　　「好……」實在好想拒絕，但又覺得好像沒理由拒絕，白小筑只能點頭。

　　他想知道的是公事，雖然她下班了，但是基於兩家情誼還有他們現在在同一家公司上班而他是她的頂頭上司，這一趟書房她可不能不去。

　　去就去吧，大不了她全程看著地面回話就是了。

殘留的眷戀

　　「我想知道公司內部是否有分派系或是有什麼小團體？又或者有沒有什麼董事干涉過度及高階主管素行不良這種問題？」

　　晚餐過後，周亦鈞領著也很熟悉周家的白小筑進了書房，門一關他也不囉嗦，直接開口詢問自己想知道的事。

　　「據我了解公司大概分有三大派系，設計部的一派、人事與業務部一派，其他剩餘的算是一派，至於董事們都蠻懂事的，然後高階主管們基本上還可以吧，算是各有優缺。」這是白小筑所知的資訊，她也一滴不漏都說了，當然是看著地板說的。

　　「三大派……」周亦鈞聽完之後陷入沉思。

　　因為剛回來又是新官上任，雖然回來之前已經不少訊息傳入他耳中，不過他認為公司內各個層級的認知不同，所以恰好白小筑就是比較基層的員工，正好讓他可以探知到底基層員工對公司內部的情況是怎麼看待的。

「對……然後設計部跟業務部兩位部長蠻常吵架的。」這是她聽來的，因為她所屬單位是市場調查這一塊。

「原因總不會是因為設計部認為自己設計出來的東西很優秀，但業務部覺得很難推銷出去，所以設計部認為業務部太弱，而業務部認為設計部姿態太高吧？」周亦鈞猜測性問道。

「對！他們很常因為這種問題吵架！」白小筑震驚的抬頭，覺得周亦鈞好厲害，但這一抬頭她就後悔了。

該死，她不該抬頭的，她怎麼就是學不乖？

明明在跟著進來之前她就一直告誡自己不可以跟他對上眼的，為什麼她就是無法控制自己呢？

「呵，妳頭低了一晚，終於願意抬頭了？」周亦鈞看著她，嘴角浮現淡淡的笑。

其實事情沒那麼嚴重，他也不知道為什麼會搞成這樣，六年沒回來是因為他在國外遇到

了伯樂，所以也就留在那邊從基層做起打拼自己的事業才有今天執行長的地位。

不常回來是因為他真的很忙，但偏偏他說忙他父母都不相信，而他也很清楚白家三口人也不相信，導致好像他是因為極度討厭白小筑才不回來，但事實不是這樣，而他也不是沒試圖解釋過，但沒什麼效果，後來也就懶的說了，因為說了根本沒用。

雖然他也承認當初離國的原因有一部份是想逃開束縛，所以白小筑是原因之一沒錯，但還有很多其他因素，可他必須說當年被雙方父母責難的那一天他是真的很不高興。

但六年過去了，也算是事過境遷，只要白小筑不要再像以前那樣死死的緊緊的黏著他，這個青梅竹馬的關係還是成立的，只是就是差一歲的哥哥妹妹或是朋友而已。

「我……」被這樣一說，白小筑當場頭又低下了。

「抱歉，讓妳不自在了，今晚就這樣吧，謝謝妳的協助。」看著又低頭的她，周亦鈞本來還有問題想問，但他選擇吞回肚子裡。

反正也不急在這一時，看著白小筑那麼不自在他看著也不舒服，趕緊結束才是正確的選擇。

「那我回家了，晚安。」終於可以逃離讓白小筑暗自鬆了一口氣，匆忙道聲晚安就飛也似的離開了。

只是在走回家的路上她感到很沮喪，因為她雖然只差沒跟自己拍胸脯說自己調適好了，但她自己也知道壓根兒就是謊言，她只是把喜歡鎖起來而已，而周亦鈞本人就是打開這把鎖的鑰匙。

那麼......接下來會怎麼樣呢？

說實話，她自己也不知道。

大刀闊斧

　　其實周亦鈞本來也沒想一上任沒多久就出手整頓公司內部，偏偏有人不怕死來挑釁，想來是看不慣他這個空降部隊，那也就別怪他出手不客氣了。

　　所以他花了兩個月的時間把該資遣的資遣、該提拔的提拔，問題也正朝好的方面發展，一切看來都很完美，周亦鈞自己是挺滿意的，雖然還有些雜音存在，但至少上任兩個月以來他覺得自己沒有辜負讓他坐這個位子的那位伯樂對他的期待。

　　不過雖然如此，而且被資遣的大多是高階，但周亦鈞這樣的行為還是讓基層議論紛紛，也就是他心裡有數的那些雜音，可他不在乎，基本上他打定主意要這樣做早就知道會被議論說他新官上任三把火或是想給大夥兒一個下馬威什麼的，但這又如何？

　　要改革沒有這點決心怎麼行？

　　但他不在乎白小筑可就不是這回事兒了，雖然她每回都勸自己要忍，但只要聽到有人說

周亦鈞的不是她就莫名有股火往上冒，因為她很清楚周亦鈞是真的把公司內部的問題都搞清楚了，因為她就是提供資訊的人之一。

這兩個多月她前前後後大約跟周亦鈞匯報了不下十幾回公司內部的狀況，而且隨著時間推進她也清楚他想知道就努力去探聽，所以她很明白被資遣的那些人都是該走人的，而該升官的人也是真的努力很久卻一直爬不上去的人。

而在這種情況下，她心中默默為周亦鈞感到佩服又驕傲的同時自然不能容忍他人說他的不是。

不了解情況的人怎麼可以亂說話呢！

她好幾次都氣呼呼跟那些說閒話的人這樣說，但每回都得到一堆白眼，而且也幾乎每回都是她同事陶語芋出面幫她解圍，也因此讓陶語芋心中產生了疑問。

「小筑，妳原本就認識執行長對吧？」午餐時間，本來就習慣跟白小筑一起用餐的陶語芋終於忍不住發問。

　　這個問題放在她心中好一陣子了，她決定今天非問個明白不可！

　　「沒......沒有啊！我怎麼可能認識執行長，他之前一直都在國外不是嗎？」白小筑有點心虛，趕忙扯了個謊。

　　「騙人！妳只要說謊就會不敢看我妳以為我不知道？」陶語芊一臉被我抓到了的表情。

　　「我沒有騙妳啦！」白小筑益發心虛，壓根兒不敢看陶語芊。

　　「給我老實說喔！」陶語芊語帶威脅靠近白小筑。

　　「就......沒什麼好說的啊！」感覺自己快撐不住了，但白小筑還在堅持。

　　「好啊，不說是嗎？那以後要做什麼都別叫我陪妳去！妳不夠意思不當我是朋友啦！」很明顯陶語芊使出殺手鐧了。

　　「呃......不要這樣啦！」很不幸的這種殺手鐧對白小筑特別有用。

　　說來這六年見不到周亦鈞的日子裡，白小筑一開始是覺得每天都很難度過，幸虧後來進了這間公司認識了陶語芊，這也算是她這輩子交到的第一個真的很好很好的朋友，所以被這樣威脅她真的很心慌。

　　「那妳要不要說？」陶語芊看著白小筑就是一個挑眉。

　　「……好啦。」無可奈何之下只能妥協了，白小筑只好把一切都跟陶語芊交代的一清二楚。

　　「喔……原來執行長能對公司內部的情況了解的這麼透徹跟妳有關係啊！」陶語芊一臉恍然大悟的表情。

　　「也不全是我吧？」白小筑認為功勞肯定不全是自己的。

　　「反正妳有股份啦！」陶語芊當場擺擺手。

　　「這麼說是沒錯啦。」這種說法白小筑就無法否認了。

　　「不過話說回來，妳沒想過重來一次嗎？」陶語芊忽然天外飛來一筆的說道。

　　「重來什麼？」白小筑一臉莫名其妙。

　　「就是看怎麼樣可以得到他啊！」沒人規定失敗一次不能再來第二次吧？

　　「啊？這......不用了吧？」白小筑當場傻眼。

　　「為什麼？他現在感覺不討厭妳了啊！」這不是正好嗎？至少陶語芊是這樣認為的。

　　「有嗎？」是這樣嗎？白小筑不是很認同這個觀點。

　　「小筑，妳還很喜歡他對吧？再怎麼騙自己說已經不喜歡了還是很喜歡對吧？」陶語芊一臉看破一切的表情。

　　「......嗯。」都被看透至此了，白小筑也放棄掙扎了。

　　「那幹嘛不再試一次看看？」陶語芊當場握拳鼓勵。

　　「可是......」應該這樣嗎？

「沒什麼可是不可是的，反正就試試，我也不是叫妳現在直接跑去他面前說『我還喜歡你，我想跟你在一起』，我的意思是既然當初他遠離妳的原因是因為妳太黏人，但妳現在已經改變了，不再是以前的白小筑，所以就讓他看到妳的改變，或者說......」陶語芊陷入思考。

「什麼？」明明知道不應該繼續聽下去，但白小筑實在忍不住好奇。

「妳既然那麼喜歡他，那我們就來研究他對哪種女性會有好感，然後對症下藥不就行了？」陶語芊認為這真是個好主意。

「對症下藥？妳的意思是說如果我變成他會喜歡的類型，他就會喜歡我了？」聽起來就是這個意思。

「對！是不是很靠譜！」陶語芊覺得自己真是太聰明了。

「這......讓我想想吧。」靠不靠譜白小芊是不知道，但周亦鈞有天會喜歡她這件事她實在不敢想。

　　當年都斬釘截鐵說周、白兩家絕對不會成
為姻親的人，真的會在她變身之後喜歡上她嗎？

下定的決心

他會喜歡什麼類型的女生呢?

又是周家書房·白小筑就坐在周亦鈞對面偷偷看他專注在公事上的神情·心裡想的卻是陶語芊跟她提的建議·然後開始思考。

說實在話·她以前從來沒有想過這個問題·至少在當年她還常常纏著他不放的時候沒有·而後來也不敢想了·所以周亦鈞的理想型是什麼類型這個問題對她而言是個大問號。

美豔型?

知性型?

純真型?

女強人型?

一瞬間很多不同類型的女性代表就在白小筑的腦袋瓜裡肆意奔跑·但她就是不知道該抓住哪個來當範本·而且她也還不敢下定決心遂了陶語芊的心意·鼓起勇氣換個方式再試一次。

「在想什麼？」雖然專注在公事上，但對面的人神情複雜有時神遊有時皺眉周亦鈞還是注意到了。

「沒……沒事。」白小筑可沒有那個膽子直接開口問。

要她直接開口問周亦鈞喜歡什麼類型的女生跟要她的命沒兩樣，請恕她無法達成。

「……下個月我想升妳當市場調查部 Ａ 組的組長，妳 ＯＫ 嗎？」大抵知道她的沒事肯定有問題，但她不說他也不勉強，只是話鋒一轉給了個驚喜。

「啊？我嗎？」白小筑當場雙眼瞪大。

「有什麼困難嗎？」周亦鈞一個挑眉。

「我不知道我有沒有辦法勝任。」這是實話。

「努力去做就好了。」他是相信她可以，不然他不會下這個決定。

　　這麼多年過去了，他看的出來白小筑已經有所改變，可能也是因為他不在沒人可以讓她再纏著黏著，所以她自己也找到了成長的道路，這樣很好，其實也是他當初決定出國的初衷之一。

　　「喔……那謝謝執行長。」雖然很遲疑但白小筑聽周亦鈞這麼說也只好道謝，但內心很是不安。

　　雖然她在公司待了三年多，但一直負責的都是比較基本的工作，協助組長做事這樣的行動雖有，但要她直接坐那個位置她還真不知道自己行不行。

　　「好好努力，不懂可以問我，另外妳的助理妳可以自己決定人選，別認為自己不行，如果連自己都認為自己不行，那怎麼得到他人的肯定？」周亦鈞看著眼神有點慌亂的白小筑，給了一碗心靈雞湯。

「好，我會努力！」被他這樣鼓勵，白小筑頓時感覺信心充滿了些，但同一時間她也在他的話裡發現一件事。

他喜歡努力向上的人對吧？

也就是說他喜歡能當他幫手的人？

那她如果表現很好的話，會不會讓他對她改觀呢？

在融會貫通得到這個訊息之後，白小筑根本可說是精神一振，本來無法下定的決心也在這時悄悄在心頭重重落下了烙印。

她可以的！

就算他不會因此喜歡上她，她也要讓他知道，她不是當年的白小筑了，她已經脫胎換骨了，除了……

喜歡他的心沒變而已，她在心中暗自對自己說。

挤了

　　周亦鈞既然說了助理可以自己選，白小筑二話不說自然是毫不猶豫直接選了陶語芊，但其實對這種選擇她也是感到有些不好意思，畢竟在公司裡陶語芊的資歷還比她深一些些，為此她還特地徵詢過陶語芊的意願，確認對方沒有因此不開心才定案。

　　不過嚴格來說白小筑這次的升遷還是引來了一些聲音，但事實上公司內部最近有幾位人員的升遷都是得到差不多這樣的反應，畢竟大夥兒都覺得這幾位年輕在公司資歷又不算深，紛紛當上主管是否不太恰當，但必須說這多數都是忌妒心使然，而這也彰顯出周亦鈞想要徹底破除一些陳舊陋習並為公司帶來活力與朝氣才提拔年輕人的決心。

　　但這些都不重要，重要的是白小筑決定要拚了！

　　「我說小筑，妳確定咱們執行長是喜歡這種類型嗎？」跟著非常忙碌的陶語芊在白小筑的辦公室裡忍不住低聲質疑。

　　雖然說認真的女人最美麗，但這個寶真的壓對了嗎？

　　「啊？什麼？」一頭栽進工作裡的白小筑根本沒聽清楚陶語芊問了什麼，抬起頭一臉茫然。

　　「……沒事，您繼續忙嘿。」陶語芊笑了笑，決定不在這個時候糾結。

　　既然主意是她出的而對方也接受了，那她基於好姊妹的情誼就只能捨命陪君子了！

　　所以這兩個好姊妹帶著底下幾個員工一連幾天一路忙到深夜，忙到幾個人都想喊救命了都還沒見到白小筑露出一絲疲憊之態，而她會這樣周亦鈞當然是主因，但也是因為她發現之前的組長堆積下許多工作沒有完成。

　　有做一點點的、做一半的、即將完成卻丟著的，她覺得如果不趁此機會一口氣整理好，後頭工作一件件又來，那就真的是何年何月才做的完了！

　　「我知道大家很累，可是為了我們之後工作的流暢度還有與其他部門之間配合的順暢度，大家再撐幾天好嗎？等結束之後我請大家吃大餐！」眼見一個個下屬黑眼圈都很嚴重，白小筑有點過意不去，鼓勵的同時也定下獎勵。

　　「組長，妳知道我非貴不吃的。」陶語芊故意開玩笑，實際上也是緩和一下氣氛。

　　「放心，絕對不會讓你們失望！」白小筑當然明白陶語芊的用意，馬上開口保證。

　　「組長，一個人單價沒超過兩千可說不過去啊！」一名下屬跟著開玩笑。

　　「兩千怎麼夠？五千還差不多！」另一名也跟著鬧起來。

　　「好好好，一個一萬可以了吧？」白小筑忍不住失笑。

　　「嗯……勉強 OK 囉！」陶語芊一副得了便宜還賣乖的樣子。

結果大夥兒都笑了，而今晚的加班也在如此歡樂且非常有效率的氣氛中結束，這樣的情況也讓白小筑感到很開心，想著如果按照這樣下去，事情應該會比她預計的還早完成。

這樣至少在她剛上任之際能拿出一些成績來告訴他人，她是有資格坐在這個位置的，也期盼這樣能讓周亦鈞少被質疑一些。

只是她不知道的是她這麼拚的姿態看在某些人眼中有多刺眼，畢竟如果都是同部門同階級的人感覺到新勢力正悄悄壯大，可是會怎麼看怎麼不順眼的！

危機

就算打死白小筑她也沒有想到，自己跟下屬幾乎算是不眠不休努力了將近兩個禮拜的成果居然會在一夕之間全部消失。

對，是消失了，電腦裡的檔案不見，備份的儲存也不見，而列印出來的文件也都不翼而飛，而更糟糕的是那些前人遺留的爛攤子她雖收拾好但消失不說，今日還是她當上組長後第一次要參與公司會議，但居然連她準備好要報告的一切也都不知去向！

「語芊，怎麼辦？怎麼辦啊？！」白小筑急到快哭了，因為她知道距離開會時間只剩半小時了。

「欸……這這這……我也不知道！那……今天要報告的內容妳腦子裡還記得多少？」現下時間這麼急迫，唯一能依靠的只有自個兒的腦袋了。

「大概要說什麼我還記得，可是沒有資料跟文件輔助，精密的數據我根本不可能記得啊！

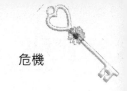

那是非常龐大又分類很細的數字量呀！」白小筑感覺眼前一嘿，有點站不住腳了。

「別別別！別暈，我們先想想要怎麼辦！」手趕忙扶住白小筑，但陶語芊說是這樣說，立時要想出什麼辦法她還真是沒一點頭緒。

「能怎麼辦呢？能怎麼辦呢？」白小筑急壞了，揪著陶語芊的手臂不停追問，但她更像在問自己也像在問蒼天為什麼會發生這種事。

而就自她們兩人跟下屬都急得像熱鍋上的螞蟻時，四周忽然傳來的嗤笑聲讓她們頓時停止了慌張，眼神不約而同向四周掃去，這才發現除了他們 A 組的人之外，市場調查部很多人都是一副看好戲的表情，而嗤笑聲則是 B 組的組長大方貢獻的。

「這些人......」陶語芊頓時一股火氣上來。

「別生氣，是我不應該不記得多備份幾份。」白小筑感到相當後悔，但顯然此時此刻後悔已經來不及了。

　　可就在這時 C 組的組長卻主動走來，拍了拍白小筑的肩膀，引來 A 組全體一同疑問的看向她。

　　「別慌，等會兒開會時先把妳還記得準備要報告的部分說完，然後再老實把遇到的情況說出來就好，我相信這是可以被理解的。」C 組組長溫柔的安慰著白小筑，她也是剛剛少數沒有表現出等著看好戲的人之一。

　　「真的可以嗎？」白小筑雖然很感激對方的安慰，但又覺得自己這樣真的很糟糕。

　　明明想好好表現的，可是事情卻變得一團糟，她若把事實說出來，那等於狠狠打了周亦鈞一巴掌，因為是他提拔她的，可是她卻沒有把事情做好。

　　可是現下除了這個辦法之外也沒有別的辦法了，「時間這麼緊迫也沒別的選擇了，妳與其在這裡慌還不如先用剩下的這一小段時間打個草稿，這樣等會兒報告起來會比較流暢些，至於資料文件之類的，要挽救也不是這十幾分鐘

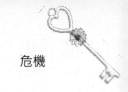

可以搞定的，不是嗎？」C 組組長算是給了非常中肯的建議。

而這樣的建議也立馬被 A 組全組人員給接受了，只見陶語芊馬上拉著白小筑坐下，其他人也跟著拉來椅子圍住白小筑，試圖想給她最大的幫助。

但這樣的情況結局自然不會太好，尤其幾個升遷收到非議的人之中，就只有白小筑出了狀況，所以她第一次參與的公司會議就以她自認非常不完美的狀態收場，而她也沒有忽略周亦鈞離開會議室前看了她一眼。

她想，這一眼是代表失望吧？

愧疚

連著好幾天白小筑不管在公司還是家裡都是面無表情的，在公司她努力工作而在家她也沒閒著，幾乎是花了自己所有的時間在精進自己的工作能力。

「小筑。」

忽然間一聲叫喚讓正在自己臥室研究書本上知識的白小筑瞬間回頭，因為她聽出了來人是誰，而她真的覺得自己沒臉見他。

「執行長，你怎麼來了？」人是迎上前了，但她根本連看他一眼都沒勇氣。

「還在在意那場會議？」周亦鈞也不囉嗦，看著她頭頂就問。

「……我只是覺得很丟臉，丟我自己的臉也丟……你的臉。」總之她就是覺得自己非常沒用。

「不是說資料全部消失了嗎？」周亦鈞記得她是這樣說的。

「請不用擔心，所有我都會再重新弄過也會更注意更小心的，下一次會議我一定會讓執

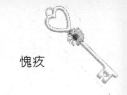

行長有滿意的結果。」她暗自發誓下一次自己絕對不要再出錯了！

「我並沒有對上次不滿意。」周亦鈞忽然丟出讓白小筑驚訝的話。

「可是……」白小筑想起了當天他離開前看她的那一眼。

「那天沒有任何輔助，但我覺得妳說的不錯，可見妳原本準備的就很充足，只差沒有一些讓妳可以拿來使用的數據參考而已。」周亦鈞是這樣認為的。

「但是我原本可以……做的更好的……」這就是讓白小筑很扼腕的最大原因。

她想證明自己，也想替周亦鈞證明他的眼光沒有錯，也幸好其他人沒像她一樣出紕漏，不然就更讓人無言了。

「我想妳該在意的不是出紕漏這件事，而是『誰』讓妳出糗。」周亦鈞覺得這才是癥結點。

　　「誰讓我出糗？這個意思是說⋯⋯有人故意陷害我？」說實話，白小筑沒有想過是這樣，她原本只認為是自己或是組員的不小心。

　　「世上哪有這麼巧的事情？馬上要用的一切全都消失，幫忙收拾的爛攤子不是變回爛攤子而是整攤不見，妳不覺得怪嗎？」周亦鈞看著她問道。

　　本來他覺得這件事沒什麼大不了的，但就是今天下班回家聽到母親說白母說白小筑這幾天很不對勁，他一個細想大抵也就猜到了原因才會過來，而目的就是要告訴她，遇到困難憂鬱是沒用的，除了檢討自己之外，外力的干擾可能也是一個重點。

　　畢竟有時人心還是很險惡的，太過天真看待一切的結果就是自己遭罪。

　　「這麼說來是有點怪⋯⋯」但會是誰呢？白小筑偏頭思考著。

　　「妳得學著有警覺性才行，尤其是在競爭激烈的環境裡什麼種人都有。」說完，周亦鈞

沒有轉身就走，反而越過她走到她床鋪邊坐下，順道還環視了下四周，發現她房間的擺設沒什麼改變。

還是那種小女孩的感覺，除了她書桌上一堆商業書跟大量資料文件有點突兀外，一切都沒變。

「執行長，我明白了，我會更注意更小心的。」對他的行為雖然感到驚訝與疑問，但白小筑更在意的是自己不能再讓他被非議這件事。

「我之前就想跟妳說，不在公司喊我名字就好。」周亦鈞著實有點不懂她怎麼會拘謹成這樣。

她個性改變也太大了些，他不禁這樣認為，但又想著或許她是在他面前才這樣？

「好......」答應是答應，但白小筑發現以前那個掛在嘴上天天都要唸上三五十遍的名字，現在卻好像很難輕易出口。

他跟她之間的距離在六年前就產生了，現在的關係只能用淡如水來形容，她是想喊，但

發現自己竟然開不了口，因為現在喊的心境已經跟以前大不相同了。

以前她是認為周亦鈞就是她的未來，喊的大方親暱又很習慣，但現在的她不能確定自己能不能成為周亦鈞的未來，所以要她喊他名字反而好像成為了一種考驗。

「小筑，雖然是我提拔妳的，但妳不用給自己太多壓力，這也不是我想看到的情況。」周亦鈞以為她的沉默室內疚使然。

「我明白了，我不會再讓你為難的，你也不用擔心我爸媽會埋怨你，我出錯的那天回家就已經解釋了！」著急想說明一切順帶給了保證，但急著出口的話就是容易出錯。

「白爸白媽果然埋怨過我對吧？」這一點周亦鈞倒是不意外。

其實他也明白自己當年毅然決然離開肯定會給白小筑帶來傷害，但有些事處理起來如果不決絕一些是永遠處理不了的，現在想來他也是覺得自己當年年輕氣盛話說重了些也決斷了

些，只是那就是他當時的心聲，這倒是沒的否認。

「啊？不是不是！沒有沒有！」白小筑一驚，當場搖頭如搗蒜。

「有也好沒有也罷，沒關係。」笑了笑，周亦鈞起身越過白小筑就朝門口走去。

「奕鈞！真的沒有！真的沒有！」白小筑趕忙轉身抓住他手臂急解釋，雖然她的解釋是個謊言。

「這個不重要，重要的是妳得多留意，才能發現敵人在哪裡，懂嗎？」說完周奕鈞還用指輕戳了下她額頭，然後才輕輕撥開她的手離開了現場。

「懂………」一臉傻呼呼摸著自己額頭，白小筑的「懂」字在人都走遠了才說出口，但一股不知怎麼形容的感覺瞬間湧上她心頭。

她努力的方向是對的對吧？

不然他怎麼會戳她額頭呢？

出乎意料

　　周亦鈞的提醒讓白小筑的警戒心提高了很多，原本她是想著事情過去了就好，也不想引起什麼風波，偏偏在暗處的敵人似乎不想放過她，那就不能怪她來個甕中捉鱉之計了。

　　只是她沒想到敵人竟然不是自己預想的那幾位，而是......

　　「妳為什麼要這樣？只是因為我當上組長？」看著 C 組的組長，當場人贓俱獲的白小筑還是有點不願意相信這位看起來溫柔可人而且之前也算蠻照顧她的人會是陷害她的兇手。

　　「這個理由還不夠？」C 組組長一臉平靜，並沒有被抓到的慌張感。

　　「小筑絕對有實力坐這個位置，妳不要看不起人！」白小筑還沒回話，陶語芊已經忍不住了，只因對方的態度在她眼裡看起來相當高傲而且還有鄙視白小筑的意味存在。

　　「妳更奇怪，明明妳是她的前輩，怎麼甘心當她副手還一臉很快樂的樣子？」C 組組長一臉戲謔看著陶語芊。

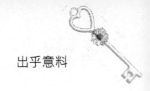

　　「妳這種心胸狹窄的人怎麼會懂？」陶語芊馬上不甘示弱堵回去。

　　「是啊，妳心胸寬闊，所以可以接受這種事，但我告訴妳，在這個部門有百分之八十以上的人都覺得她沒資格，誰都想扯她下來，只是我先動手而已，今天如果不是我動手別人也會動手。」頂多也就是今天被質問的人換一個而已，情況是不會改變的。

　　「所以說你們這些人完全見不得人家好，真是可笑！」陶語芊忍不住狠狠白了 C 組組長一眼。

　　「那我倒是要問妳，妳認為她有什麼資格坐組長的位置？論資歷、實力她都不算特別突出，突然受到賞識是為什麼？該不會走了後門用了什麼手段吧？」C 組組長的疑問其實也是其他人的疑問。

　　「喂！妳嘴巴可以放乾淨一點嗎？」陶語芊當場火氣又往上冒。

「怎麼？被我說中了？」C 組組長一臉挑釁。

「妳！」陶語芊氣壞了，人一急就要衝上前去，結果卻被一隻手拉住。

「芊芊，不要這樣。」白小筑朝好友搖搖頭。

「不是！妳聽聽她說那什麼話？拜託！這世界現在怎麼會變成這樣？難道一個女人平常沒有特別突出表現結果升官就要被說走後門嗎？怎麼不想想人家可能是一直在默默付出或是有什麼他人不曾注意過的優點恰好被上司發現了呢？」陶語芊一臉忿忿不平的說道。

「別說了，就這樣吧。」白小筑感受著 C 組組長投射在自己身上的不屑眼神，但她沒有生氣，話說完之後硬拉著萬般掙扎不願離開的陶語芊就預備離開現場。

而在離開前她卻不忘回頭對著 C 組組長丟下一串話。

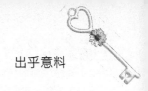

「我不會去舉報妳，而我明天會去找執行長辭掉這個位置，但我不會離開公司，我會讓妳知道，我是有實力的，而下一次我再坐上這個位置就一定會是大家認可的狀態。」

說完，白小筑拉著有點傻眼的陶語芊就走，內心已有了打算。

不只為他也為自己

　　雖然周家就在自家隔壁，但白小筑並沒有在回家之後就往周家奔，而是遵照程序在第二天上班之後才去見了周亦鈞，而且一見到他就一臉嚴肅說自己要辭去組長的位置。

　　「所以妳抓到兇手了？」沒說允不允，周亦鈞只是丟了句讓白小筑瞪大眼睛的問題。

　　「沒……沒有啊！」在他面前要白小筑說謊還是很有難度的，雖然她自認自己進社會修練之後已經有點功力了，可她面前是周亦鈞啊！

　　是那個會讓她心裡小鹿亂奔的人，她還是不很能控制自己。

　　「是被嗆了嗎？說妳可能是靠關係走後門？」白小筑的欲蓋彌彰周亦鈞都看在眼裡，所以他接著又問。

　　「啊？」白小筑真的傻眼了，還忍不住嚥了口口水。

　　這是什麼情形？

　　他為什麼會知道？

「我真的覺得妳挺適合的，不過現在妳的
意思是妳要放棄往上只想當個小員工嗎？」周
亦鈞從她的表情就得到了答案，所以也不再繼
續在同個圈裡打轉，直接問她的打算。

「暫時！」瞬間收起呆愣，白小筑的眼神
變了！

「暫時？」周亦鈞當場一個挑眉。

「我要用我的實力得到大家的認可然後再
坐上這個位置！」對白小筑而言，現在已經不
是單純要讓他喜歡這個問題，而是她個人為了
自己要火力全開了！

「那也就是說……公司內部的人還是對我
的眼光跟決策有所懷疑。」看著眼前元氣滿滿
鬥志也滿滿的白小筑，周亦鈞當場眼神一冷。

只是個小小組長的位置就能鬧出這種事，
那麼其他方面他似乎也得多觀察才行。

「因為……畢竟大家都不熟悉你。」換言之，
不管是他還是她都算空降，而白小筑覺得自己

如果沒記錯的話，空降這種事在職場其實挺不受歡迎的。

「那倒也是，跟我最熟悉的也只有妳了。」周亦鈞順口一說，隨即陷入沉思，所以沒發現白小筑有些驚訝的表情，只是兀自想著後頭的打算。

當空降部隊要解決的麻煩會比較多他是知道的，但如果連一個小小的組長由他指派都有人會有意見的話，那這間公司內部的情況就不算在他掌控之中，雖然他已經處理掉不少狀況，但現在看來似乎整頓的還不夠呢！

「那個……執行長，我有一個問題就是如果連組長這種在公司其實算不上大職位的位置都會發生這種情況，那你……」收起心神蕩漾也收起害羞，白小筑忽然靈光一現，想到周亦鈞的處境。

「擔心我坐不住嗎？」周亦鈞看著她問。

「因為空降部隊問題會比較多嘛……」這就是現實啊！

「不用擔心，我倒是比較擔心那些不服我的人會坐不住。」語畢，周亦均露出一抹自信的微笑。

他又不是草糊的，讓他坐這個位置的人腦子也不是水泥灌的，既然人家讓他來了，而他也真的來了，那就沒道理不拿出實力讓人閉嘴。

雖然現在乖乖閉嘴的人已經不少了，但顯然還不是全部，他自己清楚的很。

「那我也要讓看不起我的那些人坐不住！」白小筑看著他自信的神情，鬥志忽然又更猛烈了。

「好吧，我允許妳降級，但是三個月內妳得坐回組長位置。」這算是交換條件。

「三個月啊......好！我知道了！」本來還有些遲疑，但白小筑接收到周亦鈞的眼神後瞬間同意了。

要打仗了，但她不怕，如果說周亦鈞面對的是千軍萬馬，那她這個小士兵也要在屬於她的戰場發光發熱！

心裡話

　　白小筑離開後，周亦鈞的辦公室恢復安靜，但安靜沒有一會兒就有個人不請自入，嘴邊還掛著壞笑。

　　「剛剛出去那位就是你說過的鄰居妹妹吧？」

　　要說空降部隊，現在說話的這位保羅也是，他是跟著周亦鈞回國的人，目前擔任周亦鈞的特助，但同時他也是周亦鈞的多年好友，所以問話也就直接了點。

　　「嗯。」不是周亦鈞對好友惜字如金，是因為他面前這位仁兄一臉八卦婆的表情讓他不是很想理會。

　　「她長得這麼可愛，你怎麼忍心丟下她不管？這有違天理吧！」身為華僑的保羅中文造詣也是很不錯的，但他的演技更好，說的同時還一手捧心臟一手指著周亦鈞，一副周亦鈞是負心漢的模樣。

　　「非是當局者，勿評局中事。」要咬文嚼字是吧？周亦鈞也不是不會。

「唉唷！我就是好奇嘛！只是你之前說她以前很黏你，現在總不會了吧？」要不然以他對周亦鈞的了解還有知曉周亦鈞遠赴他鄉的原因，他猜想周亦鈞是不可能讓白小筑出現在辦公室的。

「嗯。」這是事實。

而基本上周亦鈞現在覺得白小筑轉性轉的很徹底，不只不纏他，而且似乎跟他保持距離保持得很徹底，這大抵就是當年他決定離鄉造成的後遺症吧，而他也知道不只白小筑，周、白兩家的家長們現在也對他們曾經很熱衷的湊對一事提都不敢提。

這個後遺症如此嚴重其實本來並不在周亦鈞的料想之內，所以說實話他挺意外的。

「也就是說，你父母跟她父母已經放棄把你們兩個湊一對這件事。」保羅聽完周亦鈞的心裡話之後得到了這個結論。

「至少目前檯面上看起來是這樣。」這不算但書只能算是周亦鈞下的註解。

「嗯嗯，那我問你，你現在還那麼討厭她嗎？」八卦嘛，不追根究柢怎麼可以？

「都經過那麼多年了，當初因為年輕氣盛產生的厭惡早就不在了，不過......」話沒說完，周亦鈞卻憶起了當年的情況。

「什麼？」保羅一臉興致勃勃走上前。

「也是拜她所賜，我才知道自己欣賞比較獨立的女性。」換句話說，周亦鈞算是依靠白小筑找出了自己的理想型。

「所以兄弟，原來你喜歡女強人型的？」認識四年多，這還是保羅頭一次聽周亦鈞說起理想型這個話題。

「不算是，但我覺得情侶或夫妻之間應該是可以互相依靠但分開的時候又可以自主獨立處理任何事。」周亦鈞對自己理想型的闡述是如此。

「也就是說，你不討厭兩人相處時黏在一起，但討厭女人沒有主見跟能力可以獨自處理事情。」保羅也幫著補充說明。

「對，而她當年就讓我覺得如果我不離開她，她永遠不會長大，但這不是好事，因為沒有人可以保護她一輩子，不管是她的父母還是我又或是她以後的伴侶，都有可能比她先走一步。」這是周亦鈞想法。

「這麼說來......也是。」八卦臉消失，保羅居然很認真思考起周亦鈞說的話。

「人總要學著長大，不長大就不會知道人間險惡，一直被保護著也不是辦法，其實這次回國我還挺意外的，我本來以為她爸媽不會讓她出來工作，畢竟她的家境是不需要她賺錢養家的。」周亦鈞想起自己上任那天看到她之後內心的訝異。

「那你升她當組長是因為覺得她能力還不錯還是因為她是你鄰家妹妹？」正經臉消失，保羅又開始八卦了起來。

「前者，因為我回來之後很多公司內部的訊息都是她提供給我的，而且且我帶回家的工作有些她也有提供協助，她的組織能力不錯，

做事也挺有條理的。」白小筑就是他的線民，而他必須說白小筑截至目前為止讓他看到的模樣是有實力的。

「難怪！我就在猜你怎麼會才回國就知道公司內部那麼多事情，原來是有個小美女在給你當後盾啊！」保羅一臉恍然大悟的表情。

「……你別去給我招惹她。」忽然想起剛剛保羅說白小筑可愛，現在又說她是小美女，周亦鈞的眉頭一皺，毫不猶豫給了警告。

「喂，這年頭戀愛自由好嗎？就算你是我老闆也是她老闆，但這種事你可不能管。」恕難從命的表情出現在保羅臉上。

「你不行。」周亦鈞的態度很強硬。

「什麼叫我不行？我哪裡不行？」保羅當場哇哇大叫。

「你對愛情什麼觀點別以為我不知道，總之你不準靠近她。」就是這樣，不得上訴。

　　「周亦鈞！她又不是你的！」保羅對於自己突然被貶低感到很不爽。

　　「她也不會是你的。」周亦鈞冷言回擊。

　　「這很難說喔！」雖然有點莫名其妙，但保羅的勝負欲莫名被激了起來。

　　「需要我把你調去分公司嗎？」這種小事，周亦鈞很清楚自己一個彈指就能辦成。

　　「喂，你不是吧？」保羅當場傻眼。

　　「我相信分公司有你入駐應該會壯大的很快。」周亦鈞用一種似笑非笑的表情看著保羅，然後不意外看到一個大男人在原地氣到跳腳。

　　保羅一直都是這樣的，性情外放到有時候像個大嬸很有趣，不過有趣歸有趣，用他調劑了繁忙枯燥的辦公時間之後，周亦鈞最後想的卻是……

　　該提醒一下白小筑，叫她多注意一個外表儀表堂堂但內心是個大嬸的男人。

生日禮物

　　雖然一直都記得周亦鈞的生日，但白小筑已經很多年沒有為他的生日禮物傷過腦筋了，但今年不同，不僅他回來了而且他們兩個現在的關係有點不好定義，導致她在工作忙碌之餘還不忘抽空思考自己到底要不要送禮物這個問題。

　　不送好像怪怪的，畢竟她很清楚既然周亦鈞人在家，那麼周家父母肯定會為兒子慶生，而且一定會叫上她與她父母三人一同慶祝。

　　但若是要送，先撇開送什麼這個問題，她一直在想自己若是像以前那樣送禮物給他，會不會造成反效果？

　　雖然他現在看起來似乎不像當年那般討厭她了，但這也可能是因為她也不像當年那樣成天纏著他了，所以這禮物送與不送她實在很遲疑。

　　「這有什麼好猶豫的？就送啊！普通朋友之間也可以送生日禮物的吧？」聽到好姐妹居然為了這種事煩惱，陶語芊差點沒翻白眼。

「但是……我就是怕他又誤會我……呃……」白小筑臉上出現了無奈的苦笑。

「不會啦！其實我覺得妳把這件事看的太嚴重了，妳想想，他已經不是當年的他，妳也已經不是當年的妳，就是送個禮物有什麼關係？」陶語芊認為這種事根本不需要這麼煩惱。

「話雖然是這麼說沒錯，但我喜歡他的心沒有變，只是我懂了怎麼克制自己而已，所以其實比起以前，我現在更怕被他討厭。」這才是白小筑煩惱的癥結點。

「我懂，不過我跟妳說，妳不是正朝妳認為對的方向邁進嗎？可是我覺得妳真的太過於小心了，有時候稍微勇敢一點沒事的！」只是送個禮物而已不是嗎？

「喔……好啦。」雖然還是很猶豫，但白小筑最後算是勉為其難同意了陶語芊的說法。

也是，對自己說好要再試一次的，她是該更勇敢一點才對！

　　好，說做就做，既然決定要勇敢，那下一步就是挑禮物！

　　「小筑，我覺得我腿快斷了，妳能不能趕快做決定？」逛街雖然是女人很享受的事情之一，但連續每天下班後都陪人逛街到深夜，陶語芊真的快撐不住了。

　　「可是……我不知道到底哪個才是最好啊！」要送給周亦鈞的東西，白小筑從以前要購買時就是這麼拖拉，她也沒想到自己這一點到現在居然一點改變也沒有。

　　「麻煩妳今晚決定並且購買回家，我明天絕對不要再陪妳出來逛了！」這絕對是陶語芊下的最後通牒。

　　「好啦……」白小筑一臉委屈，但也知道自己真的太拖拖拉拉了。

　　然而說是這樣說，在這場最後的戰役她還是奮戰到最後一刻才選定，而且還對自己充滿質疑。

　　說真的，以前她挑周亦鈞的禮物也是龜毛，但仍是憑自己的感覺，且她記得自己好像從來沒有想過周亦鈞會不會喜歡這個問題，就是挑自己覺得好的、貴的、美的來買，但現在她思考的方向卻不能跟以前相同，所以才會讓她這麼煩惱，而且買完之後還更煩躁了。

　　他會喜歡嗎？

　　如果他不喜歡怎麼辦？

　　在周亦鈞生日派對前的每一夜，白小筑在沉入夢鄉前都在思考這麼問題，而且還有幾天導致她直接失眠，夜不成寐。

未婚妻

　　白小筑送給周亦鈞的禮物不但被他收下了，而且他看起來還挺喜歡的，這件事讓白小筑很開心，只是當兩家人在飽餐一頓全都坐在周家客廳且久違的氣氛還不錯時，白小筑才知道原來今天周亦鈞也有禮物要送她。

　　而且是一個天大的禮物。

　　「大家好，我是亦鈞的未婚妻，我叫羅娜，很抱歉現在才來打招呼。」

　　一個混血大美人忽然出現在周家門口按門鈴就已經夠讓周亦鈞以外的人吃驚了，而更讓大家訝異的是周亦鈞見到大美人不吃驚不打緊，而且還任大美人挽著手臂，然後又任由她笑咪咪的自我介紹。

　　這一連串的操作轟的周、白兩家父母及白小筑完全是措手不及，尤其是白小筑，幾乎是完全控制不住自己的表情，差一點就奪門而出奔回家裡，但幸好千鈞一刻之時她忍住了，可她心中卻有一股酸楚慢慢蔓延開來。

「未⋯⋯未婚妻？」這突來的訊息沒有人消化的了，而第一個開口的周父顯然有說話跟沒說話是沒有差別的，表情跟語氣都是吃驚。

「亦鈞，你怎麼沒跟我還有你爸說你有未婚妻了？」周母實在有點不知道該做何反應。

不是她不希望兒子早點結婚，但事前一點徵兆都沒有要人不驚訝是很難的，尤其眼前這位大美人周母連從兒子口中聽過隻字半語都沒有，這一時之間很難接受，再加上白家人也在場，今晚好不容易比較融洽的氣氛顯然在這一刻又轉為尷尬。

「您是周媽媽吧？不好意思，我擅自跑來是不是造成你們的困擾了？」沒等周亦鈞回話，羅娜就趕忙道歉，一副我見猶憐的模樣。

「沒事。」而也不知道算不算夫唱婦隨，總之周母還沒回話，周亦鈞就拍拍羅娜的肩膀安撫。

「對對對，沒事，周媽媽只是有點驚訝而已。」周母趕忙開口，但她也感覺到站在旁邊的白家三人都僵硬了。

　　這下好了，著實尷尬到了極點，要是她知道今天有這等驚喜，她絕對不會叫上白家三口子來參加兒子的生日宴。

　　而周母這樣想的同時，周父何嘗不是？

　　但幸好白家父母反應算快，藉口不好耽誤未來一家人談話的時間，快速跟羅娜打過招呼然後就帶著女兒告別周家，而他們夫婦也明白今晚迎來這樣一個情況對女兒來說應該算是史詩級的災難片，所以到家之後夫婦倆很有默契沒多說什麼就叫女兒趕快上樓去休息。

　　終究是無緣當親家，白家夫婦心中是有遺憾，但他們更擔心的是受到打擊的女兒這回會用多久才振作起來呢？

付費借用

「不要把沙發坐壞了。」

　　看著不停在沙發上蠕動可說是完全沒形象可言的羅娜，周亦鈞打趣的提醒她。

　　「幹嘛那麼小氣！弄壞了大不了我賠你就是了！」羅娜像揮蒼蠅似的用力揮揮手，然後繼續蠕動。

　　單看擺設她也知道這間房間就是周亦鈞的臥室，而她接下來要住的房間在他房間隔壁，會跑來這裡蠕動是因為她真的很需要一個人讓她吐吐苦水。

　　「我還沒問妳為什麼跑來了？」按理說，今晚這種場面是不該發生的，但礙於他們之間有約定，他也只能配合。

　　但現在四下無人就只有他倆，那就得問個明白不可了。

　　「還不是因為你上司我老爸！」說完羅娜毫不客氣當場翻了個白眼。

　　「怎麼還沒放過妳？我記得我要回來前妳不是還很開心我們假裝交往且朝著結婚這目標邁進的這場戲演的不錯嗎？」周亦鈞記得是這樣。

　　「對！但是你走沒多久我老爸就開始懷疑我跟你之間根本是假的。」父親太聰明讓羅娜頭很痛。

　　「為什麼？」周亦鈞自認在國外時跟羅娜配合的不錯。

　　「因為……我就……」說到這個羅娜忽然有點心虛。

　　「是因為妳跑出去鬼混了吧？」除了這個可能性周亦鈞想不出其他的了。

　　羅娜這個女人什麼都好就是很愛玩，但她不濫情，她的愛玩就是單純喜歡玩樂沒有牽扯複雜的男女關係，但偏偏她父親很不喜歡她這樣，總是一直在幫她物色對象逼她去相親，希望她早日收心走入家庭。

「我那才不是鬼混！我只是出去透透氣！」不管哪種人都有屬於自己的煩惱，羅娜的煩惱就是她都已經二十好幾了，爸爸還是管她跟管三歲小孩一樣，真真氣煞她也！

「所以妳就跑來找我，一方面在妳爸心中落實妳與我的關係一方面趁機享受天高皇帝遠的舒適是嗎？」周亦鈞猜自己說的應該八九不離十。

「對啦對啦！你就是我的救命繩，我不來找你要找誰去？」事情會變成這樣羅娜也很無奈。

「也是，既然都付費了那歡迎繼續借用。」周亦鈞開著玩笑，但認真說來也有一半算是真話。

「對，我爸付費我借用，感謝您的配合。」所以說一半是真話就是這麼來的。

「不過接下來打算怎麼辦？妳總不能一直賴在我這裡。」不適討厭羅娜來賴，周亦鈞是覺得這樣下去也不是辦法。

紙一定會再一次包不住火的，他很確定。

「不然我們乾脆假結婚好了！」羅娜開始想餿主意。

「這我不行，假裝妳未婚夫是我最後底線。」周亦鈞想都沒想馬上拒絕。

「唉唷！有什麼關係嘛，反正你都見過我爸我也見過你父母了，就這樣結婚不好嗎？只要你跟我結婚你就是我們集團一人之下萬人之上的大人物了耶！」羅娜看著周亦鈞眨了眨眼睛。

「妳只是想這樣妳自己才能繼續玩樂而且是肆無忌憚的狀態吧？」周亦鈞一副別以為他不知道羅娜在想什麼的表情。

「你一定要這麼無情嗎？好歹我們也是同學，而且是我把你引薦給我爸的耶！」此時不討人情更待何時？

「若不是因為如此，我怎麼可能會答應陪妳演戲？」老實說演這種戲周亦鈞心中是有愧疚感的，因為羅娜的爸爸是真的很重視他，再

加上今晚他又陪羅娜在自己父母面前也演了一齣，現在愧疚感之強烈可不是開玩笑的。

而且……

想起今晚的場景周亦鈞不由自主想到了白家三口子匆匆而去的情形，自然也想起了白小筑臉上那無法掩飾的震驚。

那小妮子莫不是……

還喜歡著他吧？

想起這個問題讓周亦鈞陷入沉思，壓根兒沒管羅娜繼續在沙發上蠕動兼呼天喊地，心中只是想著都這麼多年了，白小筑對他該不會還沒放棄？

結束了

　　受到打擊的白小筑沒有哭，臉上甚至沒有難過的表情，但這讓陶語芊看了反而更難過，尤其是白小筑對她說「他有未婚妻了」這句話時眼底那股涼意，真是讓她當場嚥了口口水，覺得這實在太不對勁。

　　「呃......小筑，我覺得......如果妳很難受的話要不然哭一下如何？我陪妳去樓梯間。」哭出來會比忍著好，陶語芊是這樣認為的。

　　「不需要，我沒事。」白小筑不只搖頭拒絕，連臉上都出現淡淡的微笑。

　　「啊？可是......」這樣算沒事嗎？

　　「芊芊，我覺得......就是這樣吧。」神情有些複雜，但白小筑也不知道如何完整去述說自己現在的心情。

　　「哪樣？」一頭霧水就是陶語芊現在最好的寫照。

「我也不知道怎麼說，昨晚我是挺難受的，但是今天早上迎著陽光來上班，我又覺得好像也沒那麼糟。」所以說很複雜。

「沒那麼糟？妳是出師未捷身先死耶！妳也不想想，我們說的計畫根本連成功一半都沒有結果就殺出個未婚妻，妳不會不甘心嗎？」陶語芊壓根兒不信。

「不甘心當然是有，可是對方的條件真的很好，然後……」白小筑忽然不知道該怎麼繼續說下去。

「然後什麼？然後妳覺得她跟執行長更配是嗎？」瞇起雙眼，陶語芊大抵明白發生什麼事了。

白小筑根本就是一夜之間變成一個自卑鬼了！

「說實話……是挺配的。」這點應該誰也無法否認，白小筑心想。

「然後呢？妳就打算這樣放棄了？」陶語芊忍住想掐死某人的衝動咬牙發問。

　　「不然我還能怎樣？」好姊妹帶著挑釁的語氣讓白小筑的心情開始有了起伏。

　　「沒有啊！我看妳是已經不打算怎樣了不是嗎？那我還有什麼立場去勸妳怎樣？妳就覺得自己很差對方很好，覺得他們兩個是天作之合異常般配，那就這樣好了！」陶語芊無法控制自己的音調升高。

　　「陶語芊！妳到底懂不懂我當初跟妳說的一切？他是因為討厭我才出國留學的，妳覺得現在連他未婚妻都現身了，我還會有機會嗎？」聽出好姊妹話中諷刺的意味濃厚，白小筑有點生氣了。

　　人家當初討厭她討厭到直接逃走，現在連未婚妻都有了，她還有何顏面繼續自己那個根本不知道會不會成功的傻計畫？

　　「喂，妳生氣了？」陶語芊還是第一次看白小筑這樣。

　　「沒有。」否認是否認，但白小筑很清楚自己是真的有點生氣。

「我這不是在替妳感到不甘心嗎？妳想想妳都喜歡他幾年了，最後變成這樣我覺得很心疼妳呀！」就因為是好朋友所以才會這樣。

「我......知道，但也沒辦法了，我昨晚就深深感覺到這輩子我跟他是不可能了。」白小筑終究還是露出了落寞的表情。

「小筑......」這時候也不知道再說什麼才好，陶語芊只能拍拍好姐妹的肩膀，希望能給予一點安慰。

「我沒事，只是覺得自己有點傻吧......明明很多年前就知道不可能的事，結果現在還異想天開覺得會有任何改變。」除了笑自己傻，白小筑也不知道說自己什麼好。

「其實得怪我吧，是我慫恿妳的。」陶語芊覺得自己也脫不了關係。

但當初她是覺得時間總會改變一些人事物，所以才會勸白小筑再試一次，結果沒想到人家連未婚妻都有了，這真是她始料未及的發展。

「哪能怪妳呢！跟妳沒關係。」白小筑馬上搖頭。

「好啦好啦，既然妳都這樣說了，那這件事就這樣吧。」不然還真的不能怎樣了！

「晚上我們出去吃個飯吧？然後......」嘴一抿，白小筑看起來似乎有了什麼重大決定。

「然後？」陶語芊看出了不對勁。

「我決定以後我要專注在工作上，再也不管愛情這件事了！」像是宣誓的話語出自白小筑的口中，而她的表情很堅定，似乎真決定要這麼做了。

「呃......不是，我說這個不行咱們可以再期待一下別的邂逅嘛！」有必要這麼極端嗎？

「不了，我覺得在工作上找快樂對我而言可能還容易些。」白小筑現在是真的這樣認為。

「喔......」雖然還想說些什麼，可是陶語芊又覺得這個時機不合適也就只好先附和。

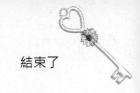

　　「所以首先頭個目標就是我要回到組長的位置！」不能當周亦鈞的戀人，白小筑認為自己總可以選擇當個女強人吧！

　　曾經她非他不可，現在……

　　就當她非工作不可吧，不然她也不知道該拿自己怎麼辦才好了。

疑問

　　白小筑可能還喜歡他這件事一直掛在周亦鈞心頭沒有散去，而這件事如果是真實的話到底是好事還是壞事這個問題他目前也沒有答案。

　　他前頭說了，很多情緒是年少輕狂時產生的，現在大家都有一定年紀了，而他也多了很多歷練，白小筑也已經不是當年的白小筑，所以倘若她還喜歡他，他該如何定義這件事倒是個問題。

　　他現在不討厭白小筑，所以也可以說當初的情緒已經消散，至於他現在對她是什麼感覺，他覺得應該比較像是一個老朋友或是鄰家妹妹，雖然她從來沒叫過他哥哥，可他畢竟大她一歲，當她是妹妹也挺恰當的，可若是要當戀人可能性應該不大吧，他現在是這樣想的。

　　不過這是周亦鈞自己的想法，且暫時也沒有動搖的打算，但當他看到會議上在角落努力振筆疾書做著筆記一臉認真的白小筑時，他卻發現自己竟然在白小筑臉上看到以往不曾見過的光芒。

他從來沒看過她這麼認真的表情，除了當年對他癡纏的時候例外，他記得她當年很常用這種表情看他，但現在她臉上浮現這種表情卻是因為工作，這讓他忽然覺得有哪裡不太對勁，可又說不上來，但有一點他可以確定，那就是白小筑這小妮子真的對工作充滿衝勁，要拿出全部本事來完成跟他的約定了。

這是好事，所以他淡淡笑了，但當會議結束時保羅跑去白小筑面前時，他的臉色就變了。

「我記得我警告過你。」其他人都走了只剩他跟保羅還有白小筑，所以他不需要顧及什麼執行長的形象，現場就是他跟好友還有鄰家妹妹。

「喂！周亦鈞，你不是吧？我就是過來跟她打個招呼也不行？」保羅當場有點傻眼，一臉不滿看著把滿頭霧水的白小筑拉到身後護著的周亦鈞。

　　「離她遠一點。」雖然保羅是他好友，但對於保羅在愛情方面的態度他是無法苟同的，所以想靠近白小筑保羅想都別想！

　　「我是毒蛇猛獸還是什麼魑魅魍魎嗎？」保羅當場有點火氣往上冒。

　　「虧你能說出魑魅魍魎這種話，中文造詣還不錯。」周亦鈞很明顯就是在火上澆油。

　　「周亦鈞，你夠了！」什麼叫拳頭硬了，保羅現在知道了。

　　但知道歸知道，真要動手倒是不可能，一來事情也沒嚴重到要動手，二來這是公司也不方便動手，但這兩個大男人就這樣你看我我看你僵持在會議室，情況還是有點詭異。

　　「那個……請問……」完全不知道是什麼回事的白小筑臉上除了問號還是問號。

　　「小筑，妳先回辦公室吧。」偏頭朝白小筑吩咐著，但周亦鈞的身軀卻沒有半點挪動的打算，還是阻隔著白小筑跟保羅之間的距離。

「是。」雖然是丈二金剛摸不著頭腦，但白小筑還是乖乖聽話先走人了。

而等白小筑一走，保羅馬上又發難，因為他真的很不開心！

「周亦鈞，你知不知道自己在做什麼？」保羅是知道詳情的人，所以他覺得周亦鈞的護食行為看起來很奇怪。

「避免無辜女孩落入野狼之手。」周亦鈞一臉理所當然。

「喂，事情沒有這麼嚴重吧？我雖然風流但我又不下流，跟她認識打個招呼又怎麼了？我是直接要拉她去開房了嗎？而且就算這樣也不關你的事吧？你當初是討厭人家才出國的，現在這樣護著她是怎樣？」保羅話說的有點重。

「當初是當初，現在是現在，現在她是我的下屬也是我鄰家妹妹，你就是離她遠一點就對了。」這是警告，周亦鈞眼底是這麼說的。

「周亦鈞，你不覺得你很可笑嗎？」保羅頓時有點哭笑不得。

　　只是打招呼這種小事居然會演變成現在他跟周亦鈞幾乎算是對峙的場面，這種事說出去誰信啊？

　　「不覺得。」但說實話周亦鈞漸漸感覺自己有點反應過度，但這時候可不能承認。

　　「哼！我就不信你可以 24 小時看住她！」撂了氣話，保羅氣呼呼的走了。

　　而被留下的周亦鈞則是站在原地不動很久很久，然後才緩步走回屬於自己的樓層進入辦公室。

　　只是一整個下午他都有點心不在焉，因為他忽然發現自己還真的有點搞不清楚，自己如此這般到底是為了什麼。

出乎意料

　　雖然自周亦鈞回來之後白小筑很常為了公事到他家來，但是今晚卻是頭一次在書房裡有第三個人存在，害她一進門就有點不知道如何是好，走也不是不走也不是，覺得非常尷尬。

　　「妳好，妳是小筑對吧？那天我突然出現一定嚇到妳了吧？妳長的好可愛喔！」

　　結果不等白小筑做出反應，羅娜帶著友善的笑容走上前跟白小筑打招呼，而且眼神就像看到小白兔一樣興奮。

　　「妳……妳好，謝謝。」白小筑有點懵，但又不能不回應，只好趕忙擠出笑容回答。

　　「妳為什麼會這麼可愛啊？我可以摸摸妳的臉嗎？」羅娜完全像看到寶貝一樣開心，雙眼都發亮了。

　　「可……可以。」臉依然僵著，但白小筑沒有拒絕羅娜的觸碰，因為她感覺到眼前的人沒有惡意。

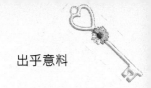

　　想不到長得這麼冷艷動人的人個性居然這
麼可愛，白小筑頓時發現自己沒有辦法討厭羅
娜，因為羅娜看起來好喜歡她。

　　不過說來也是，她有什麼立場去討厭羅娜？

　　她應該要祝福他們兩人白頭偕老才是對的，
因為即便她心裡一直覺得自己非周亦鈞不可，
但人家身邊有人了，不管如何單看兩家情誼，
她也該祝福才是正確的。

　　「羅娜，妳不要把她當娃娃。」看著開心
摸著白小筑的羅娜，周亦鈞忍不住開口制止了。

　　羅娜這個人完全抵擋不了可愛的東西，而
很明顯白小筑的長相非常對羅娜的胃口，因為
她就是很喜歡這種個子不太高長得又可愛的小
女生，但礙於她本人的長相比較冷艷，所以通
常小白兔們都會認為她很不好惹也不好相處，
實際上她也是小女孩個性，稍微帶點蠻橫但無
傷大雅的那種。

　　「我就摸她幾下而已！」被制止讓羅娜很
不開心，轉頭就朝周亦鈞抗議。

「不只幾下吧？」周亦鈞感到有點啼笑皆非。

「就是幾下啦！」羅娜死也不承認自己摸了白小筑很多下。

「那個……我沒關係！」眼看周亦鈞跟羅娜兩個人好像為了自己快要吵起來，白小筑趕忙出來打圓場。

這是什麼情況？

這對未婚夫妻犯不著為了她吵架吧？

「聽到沒有！人家小筑說沒關係，你意見那麼多幹嘛？小筑又不是你的！」逮到機會羅娜開心的反擊，而且還順手一拉把白小筑拉到身邊擺著。

「……她來是要跟我談公事的，妳出去。」忍住翻白眼的衝動，周亦鈞完全不留情直接下逐客令。

「哼哼，無情的傢伙，你不要忘了你待的公司是我爸的喔！」羅娜很順口又懟了回去。

「那請妳也不要忘了，妳除了是公主以外對公司沒什麼貢獻。」跟羅娜一直是這樣的相處模式，所以周亦鈞也沒客氣回敬一番。

「過分！」羅娜氣呼呼瞪了周亦鈞一眼轉身就要走，但或許是趨於下風讓她不開心，所以她停下腳步看的人卻不是周亦鈞而是白小筑。

「呃……妳不要生氣好嗎？」不知實情的白小筑只覺得事情好像不妙，所以打算繼續當和事佬。

奇怪了，她怎麼覺得白天她好像也經歷了差不多的事件，只是現在周亦鈞懟的人換對象了而已。

「小筑，我跟妳說，要嫁的話絕對不要嫁這種人，知道嗎！」湊近白小筑給了警告，羅娜這才滿意地拍拍屁股走人。

只是羅娜走了白小筑卻傻了，實在搞不懂這對未婚夫妻是怎麼回事。

要嫁不要嫁這種人？

可是妳不是要嫁給他了嗎?

這句話白小筑根本沒來的及問出口,因為羅娜早就走了。

「不用理她。」周亦鈞開口想拉回還在看門口的白小筑注意力。

「但是她生氣了耶。」這樣好嗎?白小筑覺得不是很好。

「無所謂。」口裡說無所謂,周亦鈞的表情也真的是一點都不在乎的模樣。

「我覺得......你要不要先去哄哄她?」比起公事,家事應當還是比較重要的吧。

「不需要。」周亦鈞想都沒想就拒絕了。

「可是......」說真的,白小筑被這對未婚夫妻弄糊塗了。

「不用可是,妳過來,我想看看妳做的報告。」周亦鈞顯然不想再繼續羅娜這個話題。

「好的。」雖然心中有問號,但白小筑還是乖乖上前把周亦鈞說要看的報告遞上,而在

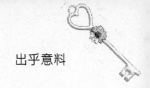

他專心閱讀的期間她也沒閒著，很自動把一些事給合理化。

可能他們倆個就是這樣相處的。

可能他們之間認為這樣的吵鬧是情趣。

可能羅娜就是喜歡把不要嫁給周亦鈞這種話掛在嘴上當玩笑說吧。

用上述三點催眠自己以後，白小筑的神態恢復自然，只是內心的苦澀卻在此時又悄悄湧上，因為她永遠不可能會是羅娜，永遠無法佔據周亦鈞枕邊人這個位置。

被看穿的心情

　　白小筑真的是作夢也沒想到自己加班會加到忘了時間，而且她也根本沒料到自己加班加到忘記時間所以整棟樓的人都走了不打緊，她還被關在資料室出不去，但這也不是最嚴重的，最嚴重的是她手機沒帶，資料室的電話只能打內線，所以她現在的處境就是叫天天不應叫地地不靈的狀態。

　　好累……

　　搖頭又嘆氣的白小筑在無計可施之下只能找個地方坐下，想著既然出不去那就多看點資料吧，總歸會對她的職涯有幫助。

　　然而時間一分一秒過去，她看著看著就開始打哈欠，而她也知道時間早就過了她上床睡覺的時刻，因為她的生理時鐘就是這樣告訴她的。

　　想著想著她趴在桌上睡著了，意識矇矓之間她感覺到似乎有人走到她身邊，她倏地驚醒抬頭一瞧，卻發現來人是周亦鈞。

「妳怎麼回事？為什麼在公司待到這麼晚？」眉頭深鎖的周亦鈞居高臨下看著一臉驚愕的白小筑問道。

「我……忘了注意時間。」白小筑沒料到周亦鈞會出現解救她所以嚇了跳。

「什麼事讓妳忙到時間都忘了？」周亦鈞一個挑眉。

「因為有幾份文件我覺得有點問題，所以才來資料室找一下往年的資料，想對比一下是哪裡不對勁。」結果這一找就忘了時間。

「所以找到了？」周亦鈞又問。

「嗯，但是要出去的時候就發現門被鎖上了。」事情就是這樣。

「警衛也是失職，明明這裡燈還亮著，怎麼沒進來問還有沒有人在就把門鎖了。」簡言之就是失職。

「是我不對，是我自己沒有注意。」白小筑可不想因為自己而連累警衛。

「是說，妳認真的讓我很訝異。」是真的訝異不是假的。

「因為……我也只能這樣了。」畢竟白小筑跟自己說好要寄情工作了嘛。

「只能這樣是什麼意思？」周亦鈞聽不太懂她的意思。

「因為我跟你有約定啊！」不能實話實說的白小筑立刻把約定搬出來抵擋。

「但我沒叫妳加班加到忘記回家。」周亦鈞臉上滿是不贊同的表情。

「我就是想把事情做好，所以才會……」白小筑不好意思地搔搔頭。

「就我看來，妳已經是個很不錯的員工了。」這句是真話。

「真的嗎？」白小筑有點受寵若驚。

「嗯，我保證妳這次再坐上組長的位置絕對沒有人會懷疑妳的能力。」

這句也是真話半點不假。

　　「那就好……」明明應該要有很開心的反應
但白小筑卻是無法真心高興起來，臉上雖然笑
了卻帶著一絲絲無奈的氛圍。

　　而這一抹無奈讓周亦鈞敏銳的捕捉到了，
但他不動聲色陪著白小筑回到辦公室，看著她
有些慌張又緊張的收拾東西，然後領著她來到
自己車邊，等到車輛行駛在路上後才開口。

　　「去吃宵夜吧。」這句不是問句而是即將
執行的行動。

　　「好……」基本上白小筑不會去拒絕周亦鈞
任何提議，以前不會現在也不會，雖然他以前
幾乎不曾跟她提過什麼提議，都是她纏著他提
出很多自己想跟他一起做的事。

　　幽幽輕嘆一口氣，白小筑的臉一偏看著窗
外，在這個充滿他氣息的空間內，她不由自主
想起了他即將結婚的事。

　　「恭喜你。」話不自覺出口，白小筑的語
氣很輕很輕。

「恭喜什麼？」周亦鈞聽到了她沒頭沒腦的祝福。

「你跟羅娜很相配。」她想，任憑任何人來看都是如此。

「何以見得？」這一點周亦鈞是完全不認同的。

雖然羅娜很美，但不是他的菜，要不兩人早就真的擦出火花了。

「看上去就是很配。」要讓白小筑再多說什麼，她也覺得有點沒力氣了。

「小筑，妳很在意我跟羅娜的事？」恰好遇到紅燈，周亦鈞轉頭問了這一句，卻見白小筑瞬間轉頭，卻因緊張的無法與他對視。

是啊，她很在意也受傷難受，但這不是她能老實說的事，想鎮定卻發現自己辦不到，就只能躲避視線了。

事到如今她能怎麼說呢？

再難過也只能自己默默吞下肚而已。

寶情

等一下，她聽到了什麼？

什麼叫婚約是假的？

腦袋瓜被轟的嗡嗡叫，白小筑看著對面氣定神閒吃著蛋餅的周亦鈞，壓根兒搞不清楚到底自己是在作夢還是在現實中。

「因為羅娜一直被她爸爸逼婚。」原因就是如此。

「所以……你是把自己借給她當擋箭牌？」頭腦很混亂的白小筑正在努力釐清事件。

「嗯，算是還她人情。」當然之中還包含羅娜的死纏爛打外加威脅利誘。

「那……那……那……」這突如其來的消息讓白小筑實在不知道接什麼話才好。

說實話她現在實在分不清楚這個消息對她而言是好消息還是壞消息。

當然周亦鈞還未真正名草有主她自然是該高興，但話又說回來，即便沒有羅娜，周亦鈞身邊那個位置也不太可能會是她的，所以認真

說起來好像也沒什麼好高興的，畢竟沒有羅娜還會有別人，終究有一天她還是得繼續這樣的難受，只能說這陣子算是預習而已。

　　但比起白小筑像是受到很大驚嚇的反應，周亦鈞倒是沒有太意外，畢竟他上回就已經猜測起白小筑對他的感情仍未消逝，現下就是再確認了一些而已，沒什麼好意外的，只不過先撇開這些事都不談，他倒是有件事想說明一下。

　　「小筑，當年的事讓妳多受傷我大概清楚，然而今天既然剛好有這個機會我想跟妳說明白，雖然當年我是不喜歡妳纏著我，也不喜歡我們兩家的爸媽硬要把我們湊一起，不過那都是年少時的情緒，我承認我當時的作法有點過於偏激，我現在並不討厭妳，所以妳也別再把這件事放在心上，認為是自己害了我跟我爸媽分隔兩地那麼久。」這件事周亦鈞認為自己是必須講清楚說明白的，雖然他之前也試圖解釋過但沒人聽進去，可現在他相信白小筑是能接受的。

　　結果白小筑不只是接受，她還在聽完之後楞楞看著周亦鈞很久很久，最後兩滴眼淚就這樣無預警滑下臉頰。

　　「小筑？」周亦鈞當場有點傻住。

　　「對……對不起·我沒事！我出去吹吹風！」話一丟，白小筑就起身跑了出去。

　　沒有人可以體會她現在的感受，只有她自己才懂，因為她從來沒想過在當年那樣的情況之後居然有天可以聽到周亦鈞說不討厭她了。

　　天知道她現在的心情有多複雜有多難以形容，控制不住的眼淚就在臉上不斷奔流，她想忍都忍不住。

　　「對不起。」走到她身邊·周亦鈞輕輕說道。

　　「不……不是你的錯，是我……不好。」白小筑哽咽著回應。

　　「當年如果我成熟一點，事情應該就不會處理的那麼糟。」周亦鈞回想著當年的情況。

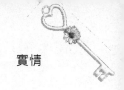

「不是......是我太討人厭了......」不由自主的，白小筑也想起那些年不懂事只懂纏人的自己。

「那我們就算和解了吧？」周亦鈞問著，雙臂也跟著伸出將白小筑轉過來面對自己。

「我......沒跟你生過氣，我只氣我自己那麼惹人煩讓你討厭了。」再喜歡也得給對方空間絕對是白小筑在經歷過當年那件事之後深刻體會到的真理。

「別想了，都過去了，我們都長大了，那些都不重要了。」周亦鈞摸著白小筑的頭，看著她抬頭然後破涕為笑，心裡也覺得挺開心的。

也算是解決了一件他一直掛在心靈深處的事，畢竟再怎麼說他跟白小筑也算是一起長大的，曾經有過的不愉快與疙瘩在大家都成長了之後，也該讓它隨風而去了。

可愛的羅娜

　　自從那天正式輕薄......噢，不，是正式認識
了白小筑之後，羅娜就對白小筑這個在她眼裡
跟一隻可愛小白兔沒兩樣的白小筑產生了濃厚
的興趣，所以只要白小筑在家，羅娜就會從周
家越界跑來白家跟白小筑待在一起，因為長這
麼大以來，羅娜最希望的就是有一個非常可愛
的閨蜜，所以她很努力讓自己如願，而且因為
白小筑對待她的態度跟以往那些外表可愛可就
是跟她親近不了的人都不一樣，所以羅娜就很
自然把白小筑當成閨蜜看待了。

　　「小筑，妳是不是還喜歡亦鈞啊？」

　　一個聽似沒頭沒腦的問題出自羅娜的口中，
嚇得白小筑手中的杯子差點就掉地上了。

　　「這個......已經是過去的事了。」說沒有太
矯情，但白小筑認為可不能在羅娜面前承認現
在還有，畢竟羅娜跟周亦鈞關係很不錯，要是
羅娜說漏嘴那就不好了。

　　基本上她可以聽到周亦鈞說現在已經不討
厭她幾乎可稱此生無憾了，其他的就不想了。

144

「那現在真的不喜歡了喔？」羅娜很顯然不願意放棄這個話題。

「我現在只想專注在工作上。」這點倒是真。

「但是我覺得妳跟亦鈞挺配的。」羅娜偏頭想了下然後這麼說。

「沒有沒有！沒有這種事！」這種話只會讓白小筑想起以前兩家父母老是這麼說的橋段，而這種橋段也是當年逼走周亦鈞的原因之一。

「為什麼妳反應這麼激烈啊？」羅娜感到很疑問。

這也不是什麼驚世駭俗的話，她完全搞不懂白小筑為何像見鬼似的搖頭，但這不能怪她，因為周亦鈞對於自己跟白小筑之間的事僅僅跟她提過大概而已。

「娜娜，拜託妳，請妳絕對不要在亦鈞面前提到這種事！」已經發生過的事，可不能再重蹈覆轍，白小筑只能合起雙掌朝羅娜拜託。

　　「喔......好啦，但是......」答應是答應，但是羅娜的表情有點古怪。

　　「但是什麼？」白小筑頓時緊張了起來。

　　她這個新朋友該不會......

　　「我前幾天就跟亦鈞說過類似的話，不過是開玩笑的語氣，應該沒關係吧？」羅娜不好意思地搔搔頭，因為她不知道這種話題原來不能說。

　　「啊？」白小筑當場瞪大雙眼。

　　「但是亦鈞沒什麼特殊反應，只是回了個『嗯』字，應該不要緊吧？」羅娜不懂這種事有什麼要緊，但既然白小筑的反應這麼大，她就想可能是要緊，可問題是說出去的話跟潑出去的水一樣，收不回來囉！

　　「他沒有不高興嗎？」白小筑嚥了口口水之後才問。

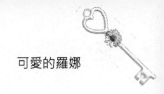

　　「沒有啊，就跟平常一樣的表情。」帶點涼的那種，但認識周亦鈞的人都知道他平常就是那種德性。

　　「是嗎？那就好。」白小筑一顆懸著的心臟在聽了羅娜的話之後終於是放下了。

　　他說現在已經不討厭她了是一回事，再提到這類事情又是另一回事，她很清楚他現在不討厭她是因為她不再纏著他，可不是因為他對她有什麼別的心思，而她現在也不敢多想，只要維持現狀就好。

　　「小筑，我覺得其實你們兩個真的挺相配的。」這是羅娜的真心話。

　　「是嗎？我是不這麼認為啦。」白小筑臉上帶著一抹苦笑。

　　「小筑，妳在怕什麼？」白小筑臉上的苦笑讓羅娜嗅到異樣。

　　「我只要他不討厭我就好。」其他的都不需要了。

　　「可是喜歡一個人只要他不討厭你就好嗎？就算當年他是因為受不了所以離開，但是我記得我聽他說過，他很早以前就想解釋自己當年會那樣是一時衝動，只是你們這邊的人都沒聽進去。」羅娜記得是這樣的。

　　「真的嗎？」白小筑對此感到很意外。

　　雖然已經聽周亦鈞親口說過了，可是忽然得知時間點其實更早這件事讓白小筑挺驚訝的。

　　「嗯，一個大男人有必要小家子氣到氣這種事氣很多年嗎？況且又不是什麼大事，他那個人就是怪胎，有這麼可愛的女孩喜歡他，他應該很開心接受才對，幹嘛要走人？真是莫名其妙！」對此羅娜覺得周亦鈞果然不是自己的好對象。

　　周亦鈞這個人當擋箭牌可以，要當老公真的要好好考慮一下，她想了下覺得可能也只有眼前這位不肯承認自己還喜歡周亦鈞但實際上肯定還很喜歡周亦鈞的小白兔跟怪胎可以湊一對了。

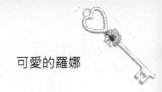

　　「那是妳不知道當年的我有多惹人厭。」
白小筑的唇角洩漏一絲無奈。

　　「妳不要一直這樣貶低自己嘛，喜歡一個
人又沒有錯！」羅娜看了感到有點心疼，走近
白小筑拍了拍白小筑的背。

　　「但造成對方的困擾就是一種錯吧......」至
少以當年的情況來說，白小筑認為這個觀點應
當是沒錯的。

　　「嗯......或許吧。」畢竟也不是當事者，羅
娜也不好說太多，只是面對這樣的白小筑，她
真的好希望自己可以為白小筑做點什麼。

　　只是，該怎麼幫呢？

獨處

　　一股眩暈感忽然襲來讓白小筑的腳步不穩，身體也跟著搖晃，然而就在她要倒下之際，一雙手臂從後頭接住了她，她驚訝的抬眼一瞧發現接住她的人竟然是保羅。

　　「妳沒事吧？」保羅看著白小筑有點蒼白的臉頰問道。

　　「沒事，只是頭有點暈，謝謝你。」對於保羅的拯救，白小筑趕忙道謝。

　　「那要不要請假去看醫生？」生病了就得就醫沒其他選擇。

　　「應該不用，我只是頭暈而已。」白小筑想都沒想就拒絕了。

　　「可是妳臉色很不好，還是去看一下比較好吧？」面對白小筑的拒絕，保羅心中考慮著要不要直接把人抱了就送醫院。

　　只是，顯然老天爺沒有要給他這種機會，因為下一秒他懷中的人兒就被人直接拉走然後護在身後。

之後發現兩家父母都不在，這才想起兩家父母這幾天結伴出遊，所以也只能由他來照顧白小筑了。

「想不想吃東西？想吃什麼盡管說。」看著被自己安置在床上乖乖躺好的白小筑，周亦鈞語氣帶著一股隱忍的怒意。

「不用，我不餓，我睡一覺就好了，你不用照顧我，我沒事的。」周亦鈞一副要照顧她卻又不太高興模樣讓白小筑覺得還是自力更生會比較好。

「為什麼不懂愛惜自己的身體？就算想拚也得顧好自己，不然有什麼意義？」周亦鈞是在氣這件事。

「可是離跟你約定的時間不遠了，我覺得我應該要更努力才能完成約定。」單就這件事白小筑絕對不輕言放棄。

「這件事絕對沒有妳的身體重要。」周亦鈞這時才發現，或許白小筑對他的行為變了，但性格上那股執拗是沒有變的。

「我只要休息就會好了,不是什麼大病。」
總之她一定要完成約定不可!

「妳不知道小病也會變成大病嗎!」隱忍
的怒氣爆發,周亦鈞的音量明顯加大,然後就
看到白小筑瞪大雙眼外加一個哆嗦。

「對......對不起。」面對這種情況白小筑只
想的到道歉這個反應。

怎麼回事?

他為什麼要這麼生氣?

「不用道歉,妳先睡一下,我去煮點東西。」
發現自己反應過大嚇到她之後,周亦鈞臉色一
凝丟下話之後轉身就要走。

「那個......可以讓羅娜來嗎?」雖然頭昏沉
沉的,但白小筑可沒有忘記羅娜還住在周家客
房這件事。

「對於我照顧妳這件事,妳有什麼不滿
嗎?」停下腳步一個轉身,周亦鈞幾乎是逼問
的語氣。

　　「沒......沒有，只是我想你應該還有別的事要忙吧？」這樣的周亦鈞讓白小筑聯想到當年的情況。

　　不過她不懂的是，為什麼他會這麼生氣，因為她現在懂得不要纏著他讓他討厭了，怎麼都這樣了他還好像很生氣呢？

　　白小筑搞不懂，但周亦鈞自己其實也沒很懂，但對於她說要讓羅娜來照顧她這個提議他是壓根兒沒想管，丟下一句「乖乖躺好」之後就下樓到廚房去準備食物去了。

　　情況是有點詭異，但目前兩人沒有共識，至少在想法上不是在同一條道路。

答案

　　羅娜自從發現白小筑對周亦鈞的心情後就一直在想要怎麼幫助白小筑，只是任憑她想來想去就是想不出來該怎麼幫助對方，直到今夜她發現周亦鈞一直沒回家，而她打白小筑的電話又一直沒人接，直覺就告訴她這兩個人肯定在一起。

　　結果出門一瞧，白家二樓的燈果然亮著，而周亦鈞的車停在白家門口而不是自家門口，羅娜大眼一轉馬上拿出手機就撥。

　　「你在哪？」她通話的對象是周亦鈞。

　　「我家隔壁。」是白家。

　　「為什麼？」羅娜又問。

　　「小筑生病了。」正在熟睡。

　　「什麼？那我去照顧她！你一個大男人不方便！」羅娜馬上提出要交換的要求，但隱隱的她覺得電話那頭的那位仁兄應該不會答應。

　　「不用，我跟她比你跟她熟。」周亦鈞果然拒絕了。

「這不是熟不熟的問題，是性別的問題懂嗎？」羅娜很堅持。

「……妳休息吧，夜深了。」一瞬間的猶豫沒有改變周亦鈞的想法。

「喂，你現在是想怎樣？」羅娜佯裝不高興的語氣。

「什麼意思？」周亦鈞忽然覺得羅娜現在的語氣不太正常，有種釣魚的感覺，而且他覺得自己就是那隻正被釣餌引誘的魚。

「如果你對小筑沒有意思，那就跟我換手，我不想看到她又用那種假裝堅強的表情跟我說她只要你不討厭她就好這種話，我覺得很心疼，她是我好不容易交到的好朋友，我不允許你再傷害她！」羅娜是想釣魚沒錯，但這一番話也是她真的想對周亦鈞講的話。

「她跟妳說過這種話？」周亦鈞眉頭不自覺皺了起來。

「對！所以你到底要不要幫我開門然後你滾回家休息？」羅娜的語氣開始有點咄咄逼人。

　　但這不能怪她，她就是想幫白小筑逼出個結果來而已。

　　要或不要就一句話而已，沒有那麼難！

　　可這是羅娜的看法，對周亦鈞來說，白小筑現在在他心理是什麼定位他自己都不太清楚，要或不要這種決定根本言之過早。

　　「周亦鈞！」羅娜等得不耐煩了。

　　「妳休息。」說完，周亦鈞就把電話掛斷了。

　　白小筑還對當年的事有著碩大陰影這件事他算是明白了。

　　多虧羅娜讓周亦鈞明白了這一點，至於後續如何他此時倒是沒有主意，畢竟人還病著，一切就等人病癒再談吧。

不滿的保羅

　　既然心裡有譜了，跟白小筑之間應該怎麼處理這件事自然也是一直掛在周亦鈞心裡。

　　然而在他觀點認為這是他與白小筑兩人之間的事，別人不應該多話，但這世界總是會有喜歡插一腳的人，例如羅娜，例如……

　　「姓周的，我必須老實說，我認識你也幾年了，沒看過你對女人有這種保護欲跟獨佔欲。」一串語氣不佳的話出自怒氣未消的保羅口中，但生氣歸生氣，他說的話卻是實話半點不假。

　　「所以你的重點是？」正在辦公的周亦鈞壓根兒沒打算抬頭理人，有回話算是很不錯了。

　　「重點就是你能不能不要這樣玩人家？」保羅說完還不忘敲一下桌面像是提醒。

　　「玩什麼？」皺起眉頭，周亦鈞終於抬頭，眼底很明顯是疑問。

　　「我的意思是，既然你當初是因為討厭人家才離開的，你現在的種種行為根本就是另一個世界。」根本兜不起來。

「……就算如此又關你什麼事？」沉吟了下，周亦鈞已然了解保羅的話意，但他對於這種勸告出自保羅的口中就是覺得不舒服。

「是不關我的事，但每次我都會遭殃，所以我才來提醒你一下，我看小筑姑娘對你應該餘情未了，所以如果你沒那個意思最好是不要再這樣下去比較好。」因為保羅實在不想再掃到颱風尾了。

天知道他覺得自己有多衰，打個招呼也會被嗆，扶個病人也會被嗆，他是招誰惹誰了？

「你可以出去了。」周亦鈞一臉冷漠下逐客令，很不高興為什麼自己要連著被兩個人指責同樣的事情。

「哼哼。」保羅當場翻了個白眼，氣呼呼冷哼了兩聲才轉身走人。

只是當保羅走了以後周亦鈞卻停下了手邊的工作開始思考起保羅剛剛說的話。

玩？

　　他從來不玩愛情遊戲，喜歡就是喜歡，不喜歡就是不喜歡，他覺得這種事就是一翻兩瞪眼的事，當年他討厭白小筑是事實，但討厭是討厭她對他的黏膩態度，並不是討厭她整個人，再者也是覺得她不能一輩子都像個長不大的孩子依賴著他，至於現在……

　　基於對白小筑這份堅持這麼多年的感情，他想他無論如何都該給予尊重，是該搞清楚自己現在到底是怎麼想才是了。

確認的好時機

　　說是要想，但接下來一件忽然從英國丟來的跨國企畫案讓周亦鈞忙得昏天暗地難以脫身，每天都早出晚歸不說，有時候甚至直接睡在公司無法回家。

　　然而這天已近深夜，疲憊的周亦鈞好不容易將工作告一段落後站起身走到窗邊正想喘一口氣時卻聽到敲門聲，他疑問回頭回了句「請進」後就看到白小筑提著一袋東西走進來。

　　「那個……我替周媽媽送消夜來給你。」看著周亦鈞眼下的黑眼圈，白小筑的心頓時一緊。

　　「放下吧，我等下吃。」既然是母親的愛心那就沒道理不吃。

　　「那……我走了。」明明身上所有細胞都在瘋狂抗議，但白小筑還是決定無視，轉身就要離開。

　　「等一下，我需要妳幫忙。」周亦鈞沒有猶豫喊住白小筑，還說了讓她相當驚訝的話。

　　「是什麼？我真的幫得上忙嗎？我不怕累，可以幫上忙我都可以幫！」驚訝是驚訝，但白小筑更多的情緒是自己可以替他分擔疲勞。

「妳過來。」她的驚訝跟欣喜周亦鈞都看在眼裡，唇角浮現一抹淡淡的笑，朝她招招手讓她坐在自己身邊。

「要我幫忙整理這堆資料是嗎？」看著桌上一堆又一堆厚厚的文件，白小筑第一時間就反應過來。

「嗯。」周亦鈞並不訝異白小筑現在的反應這麼快，因為這段時間他早就看出她的潛力並不亞於他身邊任何一個人。

「那我就按照我的方式分類整理了喔！」白小筑露出一副要誓死拼鬥的表情。

「呵。」周亦鈞笑了，只因為身邊人的表情很有趣也很可愛。

「怎麼了嗎？」白小筑一臉莫名其妙。

「沒事，妳忙吧，我先吃消夜。」有些事漸漸明朗了，但周亦鈞不想在這時候說破，但他不得不承認有句話是對的。

所謂此一時彼一時，當年他討厭白小筑成天在他身邊晃盪，現在卻覺得在這種萬籟俱寂的夜晚有她陪在身邊感覺挺好的。

　　這是一種完全不同於以往的感受，但奇異的是並不陌生，他邊吃消夜邊思考著這種不陌生感是為什麼，最後在喝下最後一口湯時才想到原來以前的他與她曾經也是這樣的，只是後來她對他的執著太過強烈讓人喘不過氣，所以這樣的感覺在他心裡就變了調。

　　可能他就是個奇怪的男人吧？

　　聳聳肩，周亦鈞對自己下了個註解後回到白小筑身邊，看了專心整理資料的她一眼後才又投入工作，最後再天快亮時發現有顆小頭顱不知何時靠在自己手臂上，很顯然是睡著了。

　　這種感覺……挺不錯的。

　　將人抱到沙發時，他心裡浮現了這樣的想法。

非你不可

　　三個月到了，而白小筑在各部門主管的投票下再度登上了組長的位置，她開心的無法自己，覺得自己終於證明了自己是有實力的人，這一點讓她有如飛上雲端般開心。

　　但礙於很多因素她知道在人前還是不能表現得太明顯，所以她跑到樓梯間小小聲的歡呼，覺得世界今天異常美好。

　　不過她的快樂很快地被人打斷了，周亦鈞的出現讓她嚇了一跳。

　　「恭喜。」周亦鈞的心情看上去也很不錯。

　　「謝謝執行長！」白小筑有點不好意思，但臉上的喜悅掩蓋不住。

　　「小筑，我有件事想問妳。」有些事是該解決一下了。

　　「是什麼事啊？」白小筑馬上收斂表情，一臉認真看著周亦鈞，因為她以為他要問的是公事。

　　「小筑，我還是妳的『非你不可』嗎？」

　　一句突如其來的問話出自周亦鈞的口中，一下子震得白小筑完全無法反應過來，就這樣傻傻看著周亦鈞，不知道為什麼他會忽然問這種話。

　　「是嗎？」見她沒有反應所以周亦鈞又問了一次，而且還一步步走近她。

　　「呃……」雖然心裡拼命在說『是』，但白小筑根本不敢貿然回答。

　　「這個問題很難回答嗎？」其實單看她的表情就知道答案了，但周亦鈞卻難得起了想逗人的心情。

　　「不是……只是……」白小筑低下頭有點不知所措。

　　她該怎麼答才對？

　　「只是怕說出真的答案我又會討厭妳？」除了這個可能性之外，周亦鈞不做他想。

　　「……對。」白小筑答的很小聲。

「那如果我說一定不會呢？」周亦鈞的嗓音中含著笑意。

「真的嗎？！」猛地一抬頭，白小筑這才發現周亦鈞就站在她面前，離她好近好近。

「真的。」就著距離之便，周亦鈞抬手摸了摸白小筑的臉蛋。

「可是……怎麼可能呢？」白小筑還是不敢相信。

「世界上哪有什麼事不可能的？妳今天不就證明了自己的可能性嗎？」說真的，他還挺替她驕傲的。

「那……那……那……」一天之內被兩大喜訊連擊讓白小筑完全不知道該拿自己怎麼辦才好。

「別那了，我有個提議妳有興趣嗎？」周亦鈞順手戳了她鼻頭一下。

「什麼提議？」這樣親暱的舉動讓白小筑心兒蹦蹦跳，逼近失速邊緣。

「談戀愛。」周亦鈞很好心沒有吊她胃口。

「什麼？！跟我嗎？」白小筑完全被驚呆了。

「不然妳想我去跟別人談嗎？」周亦鈞有些啼笑皆非。

「不……不想！」白小筑馬上瘋狂搖頭，然後在周亦鈞展開雙臂時楞楞看他。

「那就來吧。」周亦鈞以眼神示意她可以隨心所想行動。

結果，白小筑在瞪大雙眼並且嚥了好幾口口水之後才終於投進周亦鈞的懷抱裡，瞬間開心的想哭。

這太不可思議了！

可是她現在卻是真真實實在他懷抱內，感覺到他身上的溫暖也感覺到自己狂躁的心跳。

這是她渴望了好久好久的暖意，也是她曾經以為永遠都不可能成真的夢想，可是她得到了！

她得到了呀！

　　「妳會一直非我不可對吧？」她身上的喜悅氣息很自然也傳染到了周亦鈞身上並鑽進心裡。

　　「對！可是我不會再像以前那樣了，因為我知道了自己的可能性，不只是跟你相配不相配這個問題，而是我發現我原來是有潛力的，所以我要當個魚與熊掌兼得的人！」從他懷裡抬頭，白小筑像宣誓般說道。

　　「這麼貪心啊？」周亦鈞忍不住調侃她。

　　「對！我就是這麼貪心！」白小筑笑了，然後又把頭埋進周亦鈞胸口，覺得今天真是她這輩子最開心的一天了。

　　因為她的「非你不可」成真了呀！

國家圖書館出版品預行編目資料

非你不可 / 君靈鈴　著—初版—
臺中市：天空數位圖書　2021.11
面：14.8*21 公分
ISBN：978-986-5575-70-0（平裝）

863.57　　　　　　　　110019190

書　　　　名：非你不可
發　行　人：蔡秀美
出　版　者：天空數位圖書有限公司
作　　　者：君靈鈴
編　　　審：非常漫活有限公司
製作公司：北極星有限公司
美工設計：設計組
版面編輯：採編組
出版日期：2021 年 11 月（初版）
銀行名稱：合作金庫銀行南台中分行
銀行帳戶：天空數位圖書有限公司
銀行帳號：006-1070717811498
郵政帳戶：天空數位圖書有限公司
劃撥帳號：22670142
定　　　價：新台幣 330 元整
電子書發明專利第 I 306564 號

紙本書編輯印刷：
電子書編輯製作：
天空數位圖書公司　E-mail：familysky@familysky.com.tw　http://www.familysky.com.tw/
地址：40255台中市南區忠明南路787號30F國王大樓　Tel：04-22623893　Fax：04-22623863